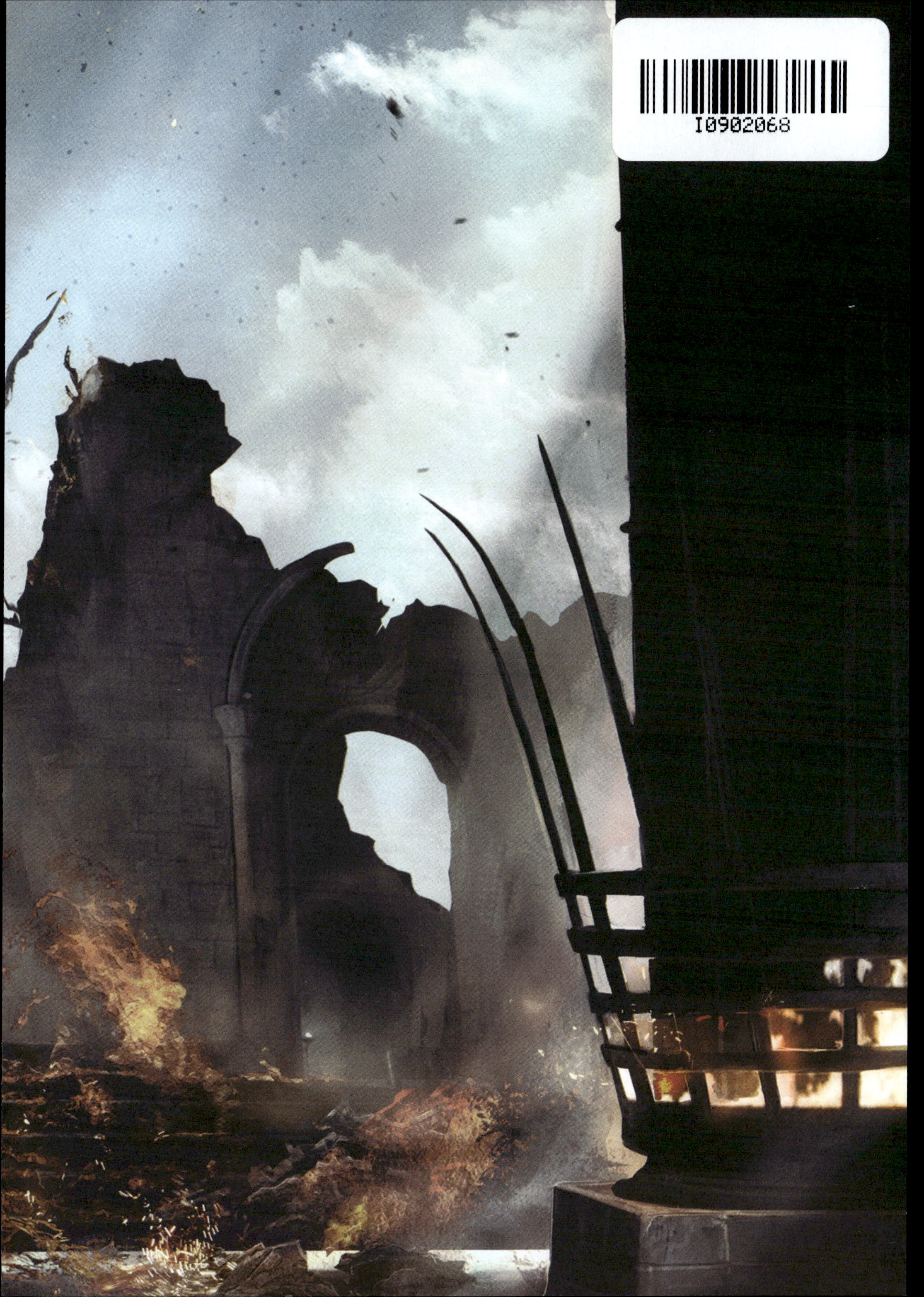

Game Of Thrones

- Tribute -

First edition in September 2019 by Monsa Publications, Gravina 43 (08930) Sant Adrià de Besós. Barcelona (Spain) T +34 93 381 00 50
www.monsa.com monsa@monsa.com

Author and Project Director Anna Minguet
Art director & layout Eva Minguet
(Monsa Publications)
©The images belong to the authors
Cover image Ertaç Altinöz
Back cover Anna Mitura-Laskowska
Printed by Cachiman Grafic

Shop online:
www.monsashop.com

Follow us!
Instagram @monsapublications
Facebook @monsashop

ISBN: 978-84-17557-07-2
D.L. B 21528-2019

GAME OF THRONES

- Tribute -

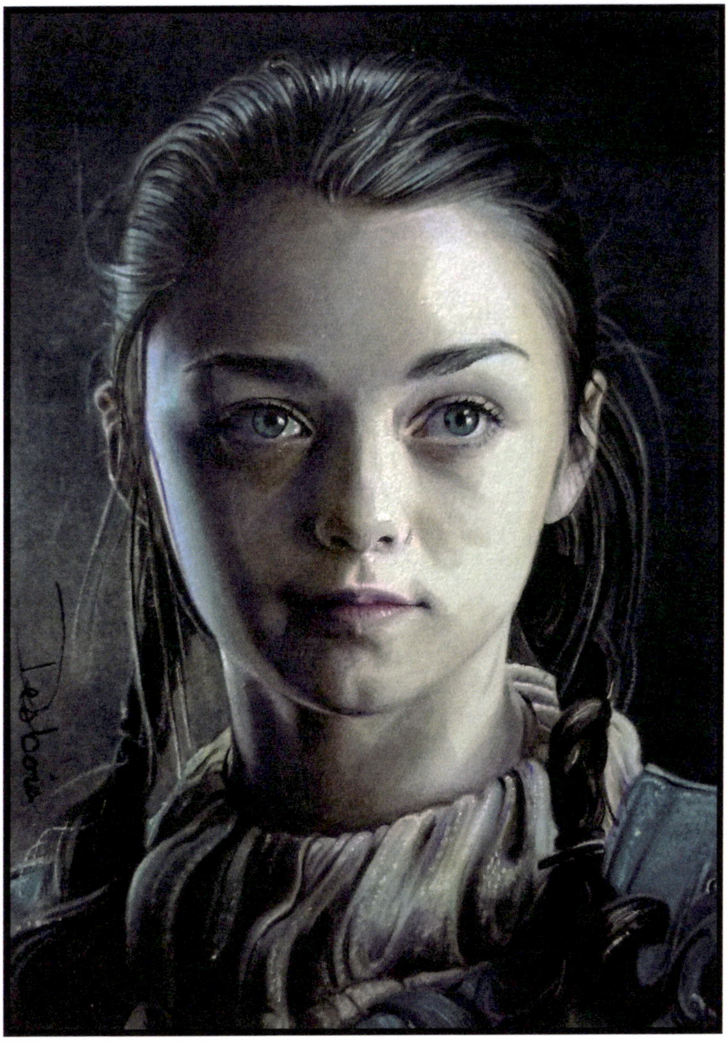

monsa

Intro

Game of Thrones is rated as one of the best television series, and critics have praised it for its performances, scripts, special effects, battle sequences and music. Its story line is inspired by A Song of Ice and Fire, a series of novels written by the American George R. R. Martin. It describes the struggle of the various noble houses of Westeros to gain control of the Iron Throne and rule over the Seven Kingdoms.
The war between the kingdoms lasts until the end of the series. Daenerys, the sole survivor of the House Targaryen, joins the war. While in exile, she gathers a large army and raises three dragons to claim the power that they took from her family long ago.
Simultaneously, beyond the territories of Westeros, bordered by a wall of ice, guarded by the brotherhood of the Night's Watch, another threat looms over the Seven Kingdoms, the arrival of the "White Walkers" led by The Night King.
This book is a tribute to this wonderful series that, during its eight seasons, has left us holding our breath on more than one occasion as a result of its unforgettable scenes and characters. In this book you will find works of fan art by some of the best international artists, authentic pieces of art, accompanied by phrases and data from the GOT universe!

Juego de Tronos está catalogada como una de las mejores series de televisión, y la crítica la ha elogiado por sus actuaciones, guiones, efectos especiales, secuencias de batallas y música. Su argumento está inspirado en las novelas de "Canción de hielo y fuego", escritas por el estadounidense George R. R. Martin. Relata la lucha de las distintas casas nobles de Poniente por obtener el control del Trono de Hierro y gobernar sobre los Siete Reinos.
La guerra entre los reinos se extiende hasta el final de la serie, y a ella se suma Daenerys, la única superviviente de la casa Targaryen, que en el exilio reúne un gran ejército y cría a tres dragones para reclamar el poder que le arrebataron a su familia tiempo atrás.
Simultáneamente, más allá de los territorios de Poniente limitados por un muro de hielo que es vigilado por la Guardia de la Noche, otra amenaza se cierne sobre los Siete Reinos, la llegada de los «caminantes blancos» guiados por el Rey de la Noche.
Este es un libro tributo a esta maravillosa serie que durante sus ocho temporadas nos ha dejado en más de una ocasión sin respiración, a través de sus escenas y personajes inolvidables. En este libro encontraréis trabajos de fan art de algunos de los mejores artistas internacionales, auténticas obras de arte, acompañadas de frases y datos del universo GOT!

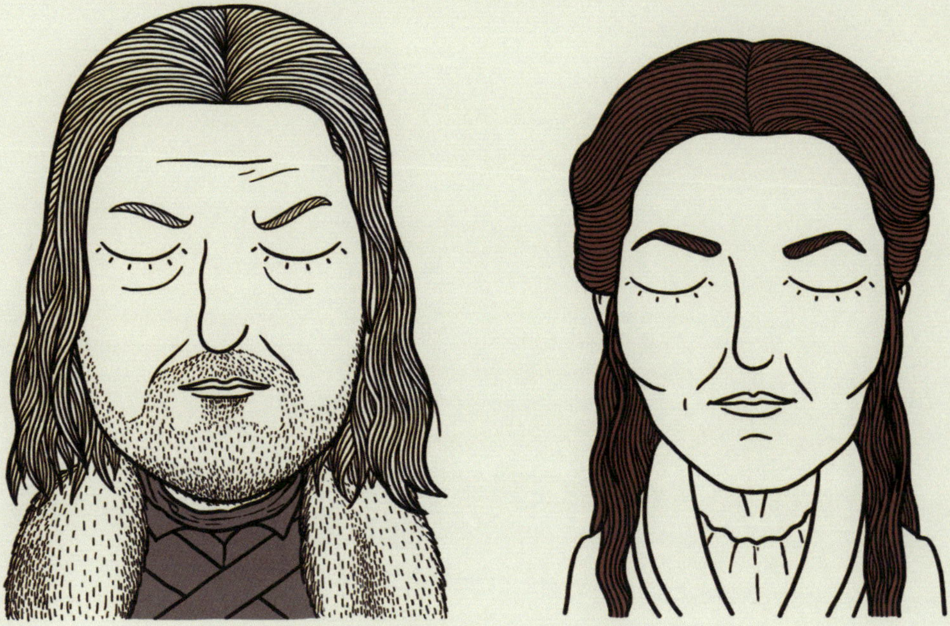

Winter is coming.

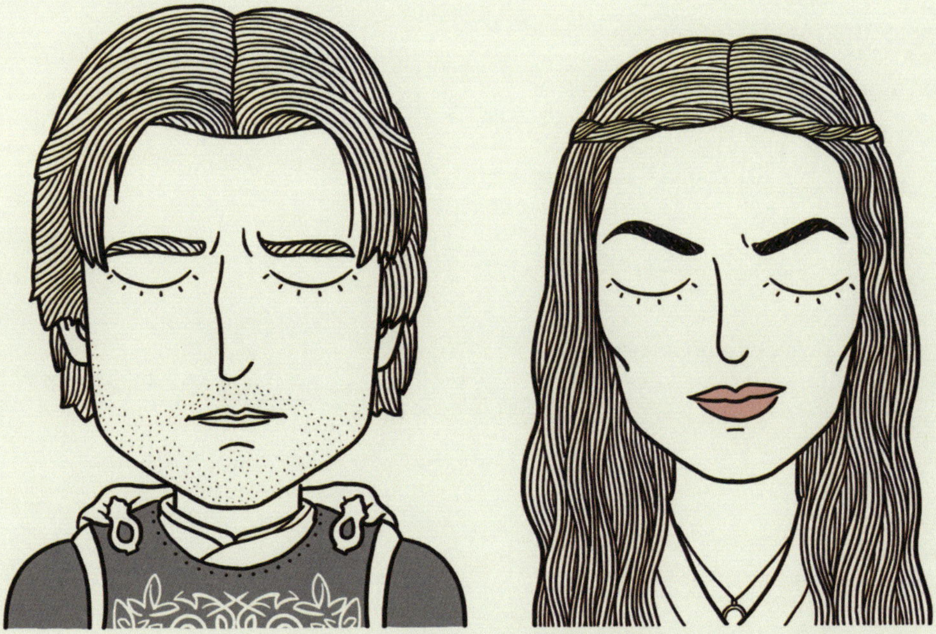

-I murdered people so I could be with you.
-You took too long.

House
Stark

Winterfell

"Winter is Coming"

House Stark of Winterfell. For centuries, it was the main house in The Kingdom of the North ruling as kings in their own right. Its sigil is a grey direwolf on a white field. Several members of House Stark have the ability to enter into the skin of their wolves, giving them the ability as wargs to experience the feelings of these animals, and to see through their eyes.

Invernalia

"Se acerca el Invierno"

La Casa Stark de Invernalia. Durante siglos, fue la casa principal del Norte gobernando como reyes por derecho propio. Su emblema es un lobo huargo de cenizo corriendo sobre campo de plata. Varios de los miembros de la Casa Stark poseen la habilidad de entrar en la piel de sus lobos, dándoles la capacidad como wargs de experimentar los sentimientos de estos animales, y de ver a través de su ojos.

House
Targaryen

Dragonstone
Blackwater Bay

"Fire and Blood"

The origin of the house goes back to The Valyrians, a powerful people associated with magic and dragons. Its sigil is a red three-headed dragon on a black field, representing Aegon I and his sisters Rhaenys and Visenya. Some of its members have a high resistance to heat, being almost immune to fire. House Targaryen brought the dragons to Westeros for use in battle.
(They had the tradition of giving each newborn a dragon egg, even after the death of the last dragon).

Rocadragón
Bahía de Aguasnegras

"Fuego y Sangre"

El origen de la casa se remonta hasta los Valyrios, un pueblo poderoso relacionado con la magia y los dragones. Su emblema es un dragón de tres cabezas de gules en campo sable, representando a Aegon I y sus hermanas Rhaenys y Visenya. Algunos de sus miembros tienen una alta resistencia al calor, siendo casi inmunes al fuego. La Casa Targaryen trajo los Dragones a Poniente para ser utilizados en batalla.
(Tenían la tradición de regalar a cada recién nacido un huevo de dragón, incluso después de la muerte del último dragón.)

House
Lannister

Casterly Rock

"Hear me Roar!" (The unofficial "A Lannister always pays his debts")

House Lannister of Casterly Rock is the main noble house of The Westerlands. Its sigil is a golden lion rampant on a crimson field. The Lannisters settled in a territory rich in gold mines. They are the richest and one of the most powerful houses of Westeros.

Roca Casterly

"¡Oye mi Rugido!" (El no oficial "Un Lannister siempre paga sus deudas")

La Casa Lannister de Roca Casterly es la principal casa noble de las Tierras del Oeste. Su emblema es un león rampante de oro sobre campo de gules. Los Lannister asentados en un territorio rico en minas de oro, constituyen una de las casas más poderosas de Poniente y la más rica.

House
Tyrell
Highgarden

"Growing Strong "

The House Tyrell of Highgarden is the ruling house of The Reach. Its sigil is a golden rose on a green field.
Unlike other great houses, the Tyrells never ruled as kings, but boasted the title of Stewards of Highgarden.

Altojardín

"Crecer Fuerte"

La Casa Tyrell de Altojardín es la casa gobernante del señorío del Dominio. Su emblema es una rosa en oro sobre campo de sinople.
A diferencia de otras grandes casas, los Tyrell nunca gobernaron como reyes, sino que ostentaban el título de Gran Mayordomo de Altojardín.

House
Baratheon
Storm's End

"Ours is the Fury"

House Baratheon of Storm's End is a noble house of the Stormlands. Its sigil is a crowned black stag salient on a gold field.
Robert Baratheon proclaimed himself Lord of The Seven Kingdoms, settling in King's Landing. He appointed his brother Stannis as Lord of Dragonstone, the ancestral home of the Targaryen, and his brother Renly as Lord of Storm's End. Robert later married Cersei Lannister in order to secure the support of House Lannister.

Bastión de Tormentas

"Nuestra es la Furia"

La Casa Baratheon de Bastión de Tormentas es una casa noble de las Tierras de la Tormenta. Su emblema es un venado coronado de sable sobre campo de oro.
Destaca Robert Baratheon que se proclamó Señor de los Siete Reinos, instalándose en Desembarco del Rey. Nombró a su hermano Stannis como Señor de Rocadragón, el hogar ancestral de los Targaryen, y a su hermano Renly como Señor de Bastión de Tormentas, casándose después con Cersei Lannister, para afianzar el apoyo de la Casa Lannister.

House
Mormont
Bear Island

"Here We Stand"

House Mormont is a noble house from the North. Its sigil is a rampant black bear on a white field, sorrounded by a green scutcheon. It is an old and proud house, located on an island with few resources but of great beauty.
In the year 288 BC, Lord Jeor joined the Night's Watch and became Lord Commander. The lordship of Bear Island passed to Jorah Mormont.

La Isla del Oso

"Aquí Aguantamos"

La Casa Mormont es una casa noble del Norte. Su emblema es un oso de sable levantado sobre las patas traseras, sobre un bosque de sinople. Es una Casa antigua y orgullosa, situada en una isla de pocos recursos pero de gran belleza.
En el año 288 AC Lord Jeor se unió a la Guardia de la Noche, y se convirtió en el Lord Comandante. El señorío de Isla del Oso pasó a Jorah Mormont.

House
Martell

Sunspear

"Unbowed, Unbent, Unbroken"

The House Martell of Sunspear is the ruling house of Dorne. Its sigil is a red sun pierced by a gold spear on an orange field.
They did not rule as kings, but were cautious vassals of kings from Houses Jordayne, Allyrion and Yronwood.

Lanza del Sol

"Nunca Doblegado, Nunca Roto"

La Casa Martell de Lanza del Sol es la casa gobernante de Dorne. Su emblema es un sol de gules atravesado por una lanza de oro sobre fondo naranja.
No gobernaron como reyes, pero fueron cautelosos vasallos de los reyes de las Casas Jordayne, Allyrion y Yronwood.

House
Greyjoy

Iron Islands

"We Do Not Sow"

House Greyjoy of Pyke is one of the Great Houses of Westeros and the main house of the Iron Islands, a desolate set of islands off the west coast. Its sigil is a golden kraken on a black field.

The men of the Iron Islands were fierce conquerors, coming to dominate all the coasts of Westeros. Balon Greyjoy created the Iron Fleet and led a great rebellion in which his oldest sons died, and the youngest, Theon, was taken to Winterfell as a hostage to ensure the good behavior of his father.

Islas del Hierro

"Nosotros No Sembramos"

La Casa Greyjoy de Pyke es una de las grandes casas de Poniente, y la principal de las Islas del Hierro, un conjunto de islas desoladas en la costa oeste. Su emblema es un kraken de oro sobre campo de sable.

Los hombres de las Islas del Hierro fueron feroces conquistadores, llegando a dominar todas las costas de Poniente. Balon Greyjoy creó la Flota de Hierro y lideró una gran rebelión, en la que sus hijos mayores murieron, y el menor, Theon, fue llevado a Invernalia como rehén para garantizar la buena conducta de su padre.

House
Arryn

The Eyrie
Vale of Arryn

"As High As Honor"

House Arryn of The Eyrie is the main house in the Vale of Arryn and the Mountains of the Moon. It is located on the slope of Giant's Lance. Its sigil is a white falcon volant and crescent moon on a blue field.

Nido de Águilas
Valle de Arryn

"Tan Alto Como El Honor"

La Casa Arryn de Nido de Águilas es la casa principal del Valle de Arryn y las Montañas de la Luna. Se situa en la ladera del pico Lanza del Gigante. Su emblema es una luna creciente y un halcón de plata en campo de cielo.

House Tully

Riverrun
Riverlands

"Family, Duty, Honor"

House Tully of Riverrun was the main house of The Riverlands. They ruled the region as Lords Paramount of the Trident until the War of the Five Kings, when they were stripped of their titles and lands for rebelling against the Iron Throne. Its sigil is a silver trout leaping on a red and blue background.

Aguasdulces
Tierras de los Ríos

"Familia, Deber, Honor"

La Casa Tully de Aguasdulces fue la casa principal de las Tierras de los Ríos. Gobernaron la región como Señores Supremos del Tridente hasta la Guerra de los Cinco Reyes, de la cual fueron despojados de sus títulos y tierras por rebelarse contra el Trono de Hierro. Su emblema es una trucha de plata, saltando sobre campo ondulado de azur y gules.

House Bolton

Dreadfort

"Our Blades Are Sharp"

House Bolton of the Dreadfort is an old and powerful house in the North which for many centuries was the most important rival of the Kings in the North. Its sigil is a red flayed man, hanging upside-down on a white X-shaped cross on a black background. They were known by their sinister reputation of skinning their enemies.

Fuerte Terror

"Nuestras Espadas Están Afiladas"

La Casa Bolton de Fuerte Terror, es una casa antigua y poderosa del Norte que por muchos siglos fue el rival más importante de los Reyes en el Norte. Su emblema es un hombre desollado de gules en campo carnación de sangre. Eran conocidos por reputación siniestra, debido a la práctica de desollamiento de sus enemigos.

Dothraki

Essos

"Blood of my Blood"

The Dothraki are a nomadic tribe from Essos, who idolize horses. Khal Drogo, the commander who had assembled the largest khalasar (clan) of his people, promised his wife Daenerys Targaryen that they would conquer the world.

Essos

"Sangre de mi sangre"

Los Dothraki son una tribu nómada de Essos, que idolatra a los caballos. Khal Drogo, el comandante que había reunido el khalasar (clan) más grande de su pueblo, prometió a su esposa Daenerys Targaryen que conquistarían el mundo.

Wildlings

Beyond the Wall

"Free Folk"

They are a free people, with no state, nobility or kings. They believe that the gods created the Earth for all men to share, and that when the kings arrived, with their crowns and iron swords, they appropriated it, claiming it as their own and no one else's.

Más allá del Muro

"Pueblo libre"

Son personas libres, sin estado, nobleza ni reyes. Creen que los dioses crearon la tierra para que todos los hombres la compartieran, y que cuando los reyes llegaron a ella, con sus coronas y espadas de hierro, éstos se la apropiaron, reclamándola como suya y de nadie más.

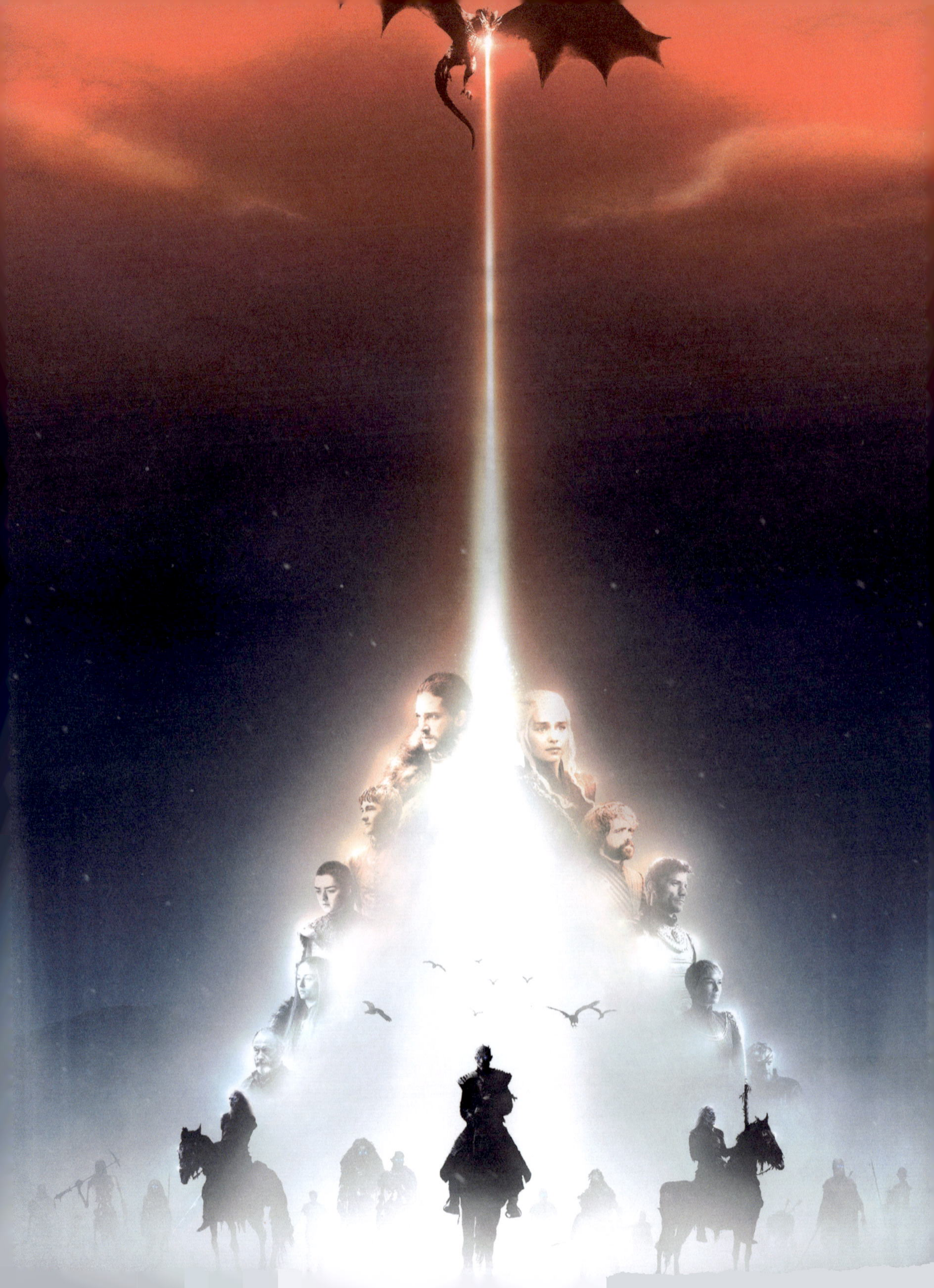

“THERE IS A BEAST IN EVERY MAN, AND IT STIRS WHEN YOU PUT A SWORD IN HIS HAND”

“Hay una bestia en cada hombre que se despierta cuando pones una espada en su mano”

- Jorah Mormont -

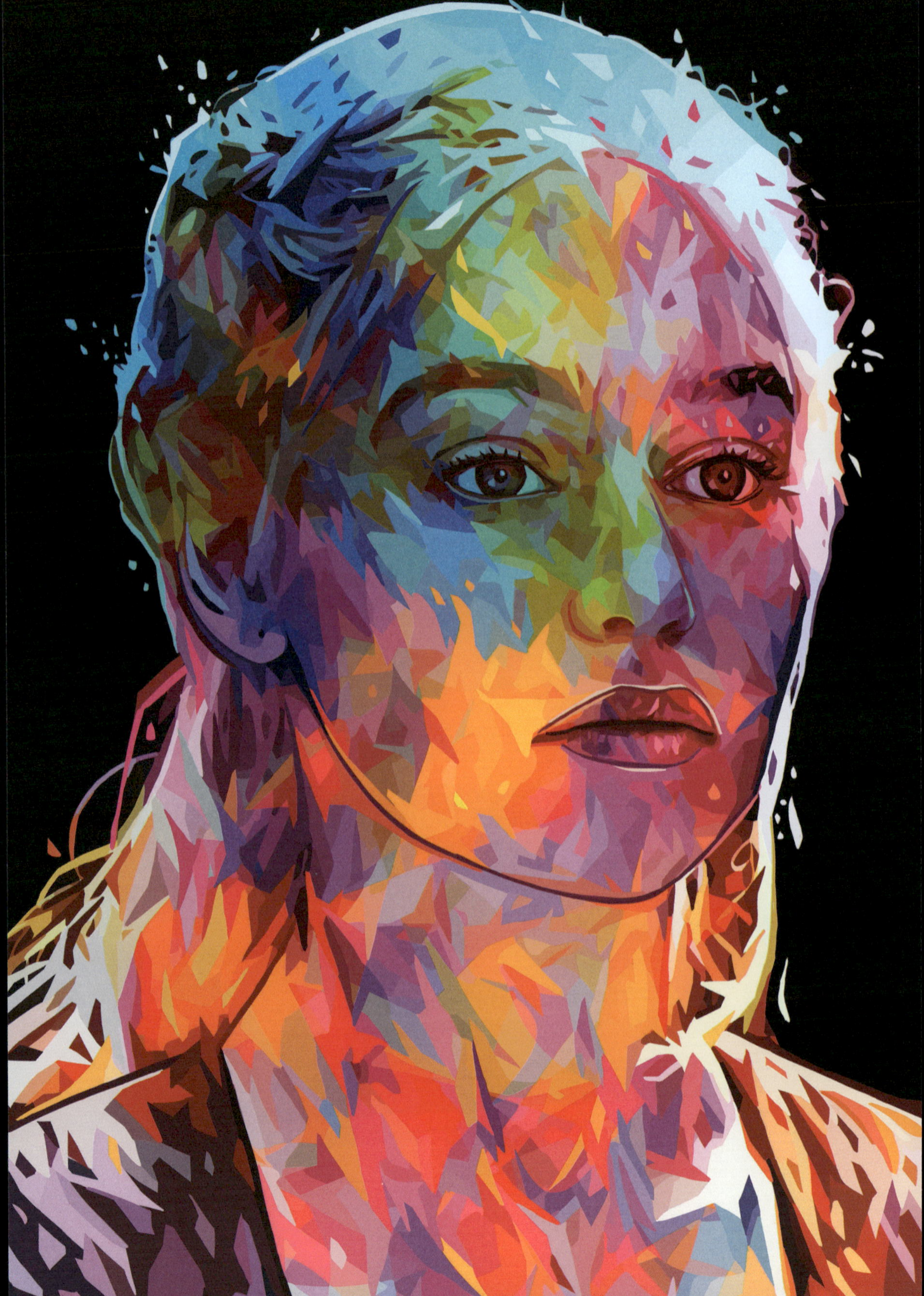

"YOU STAND IN THE PRESENCE OF DAENERYS STORMBORN OF HOUSE TARGARYEN, RIGHTFUL HEIR TO THE IRON THRONE, PROTECTOR OF THE SEVEN KINGDOMS, THE MOTHER OF DRAGONS, THE KHALEESI OF THE GREAT GRASS SEA, THE UNBURNT, THE BREAKER OF CHAINS"

"Soy Daenerys de la Tormenta de la casa Targaryen, legitima heredera del Trono de Hierro, protectora de los Siete Reinos, Madre de Dragones, Khaleesi del Mar de Hierva, la que no arde y rompedora de cadenas"

Daenerys Targaryen

Daenerys was born in the midst of an impressive storm that struck the island of Dragonstone. This is why she is called **"Daenerys Stormborn."**

"The Unburnt and Mother of Dragons," since she emerges unscathed from the flames and with three newborn dragons. In memory of her two deceased brothers and her husband she names them Rhaegal, Viserion and Drogon.

"Khaleesi of the Dothraki," Daenerys is the first female Dothraki leader, a khaleesi in her own right.

"Breaker of Chains," she battles to proclaim the liberation of all the slaves of each slave city, and once free, she asks them to join her for the conquest of the Seven Kingdoms.

Daenerys nació en medio de una impresionante tormenta que azotó la isla de Rocadragón. Por esta razón es llamada **"Daenerys de la Tormenta"**.

"La que no Arde y Madre de Dragones", ya que emerge ilesa de las llamas y con tres dragones recién nacidos. En memoria de sus dos hermanos muertos y su esposo los nombra Rhaegal, Viserion y Drogon.

"Khaleesi de los Dothraki", Daenerys es la primera mujer líder Dothraki, una khaleesi por derecho propio.

"Rompedora de Cadenas", combate para proclamar la liberación de todos los esclavos de cada ciudad esclavista, y una vez libres les propone unirse a ella para la conquista de los Siete Reinos.

"DRACARYS"

- Daenerys Targaryen -

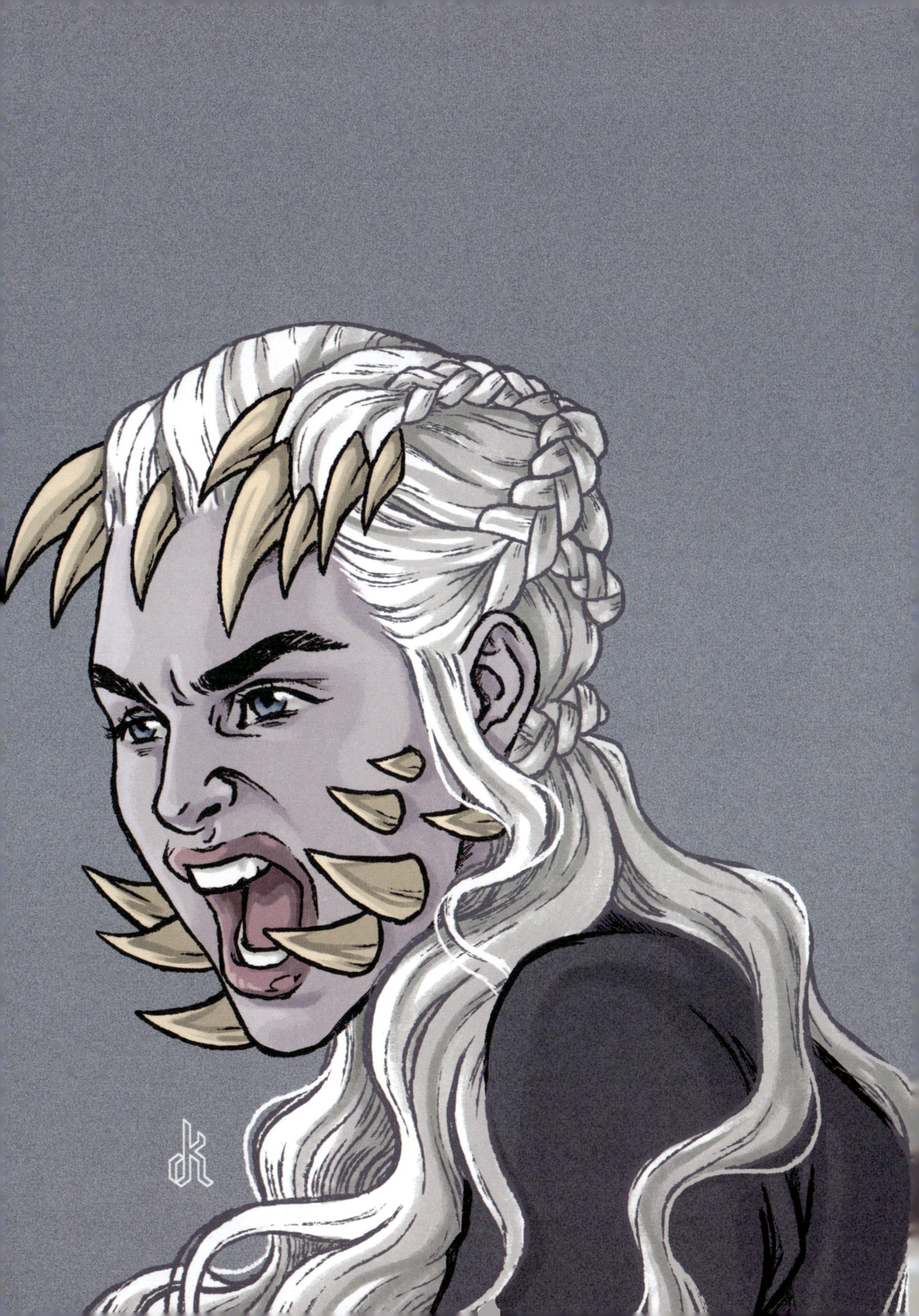

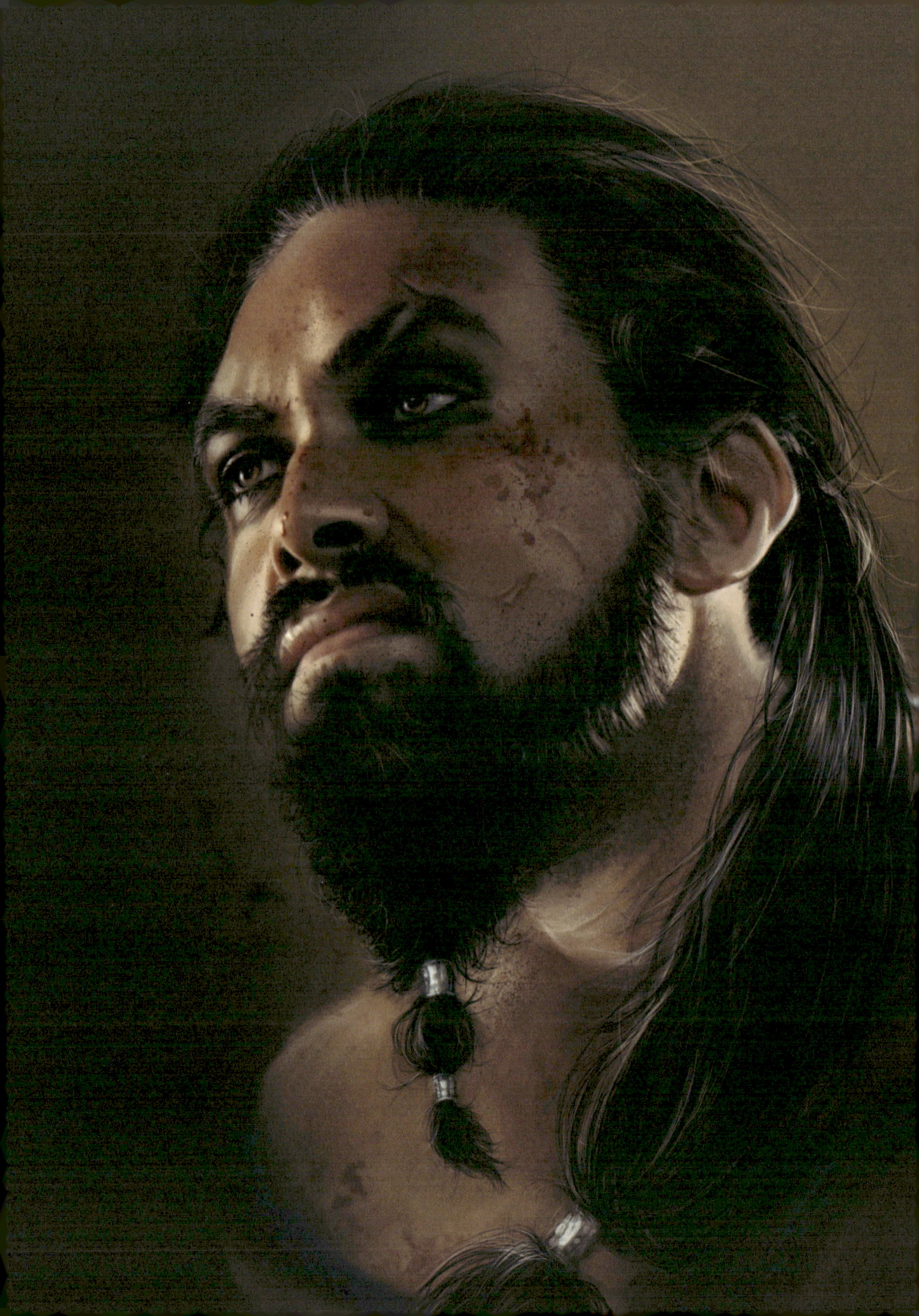

“YOU ARE THE MOON OF MY LIFE, THAT’S ALL I KNOW AND ALL I NEED TO KNOW. AND IF THIS IS A DREAM, I WILL KILL THE MAN WHO TRIES TO WAKE ME”

“Eres la luna de mi vida. Eso es todo lo que sé y todo lo que necesito saber.
Y si esto es un sueño, mataré al hombre que intente despertarme”

- Khal Drogo -

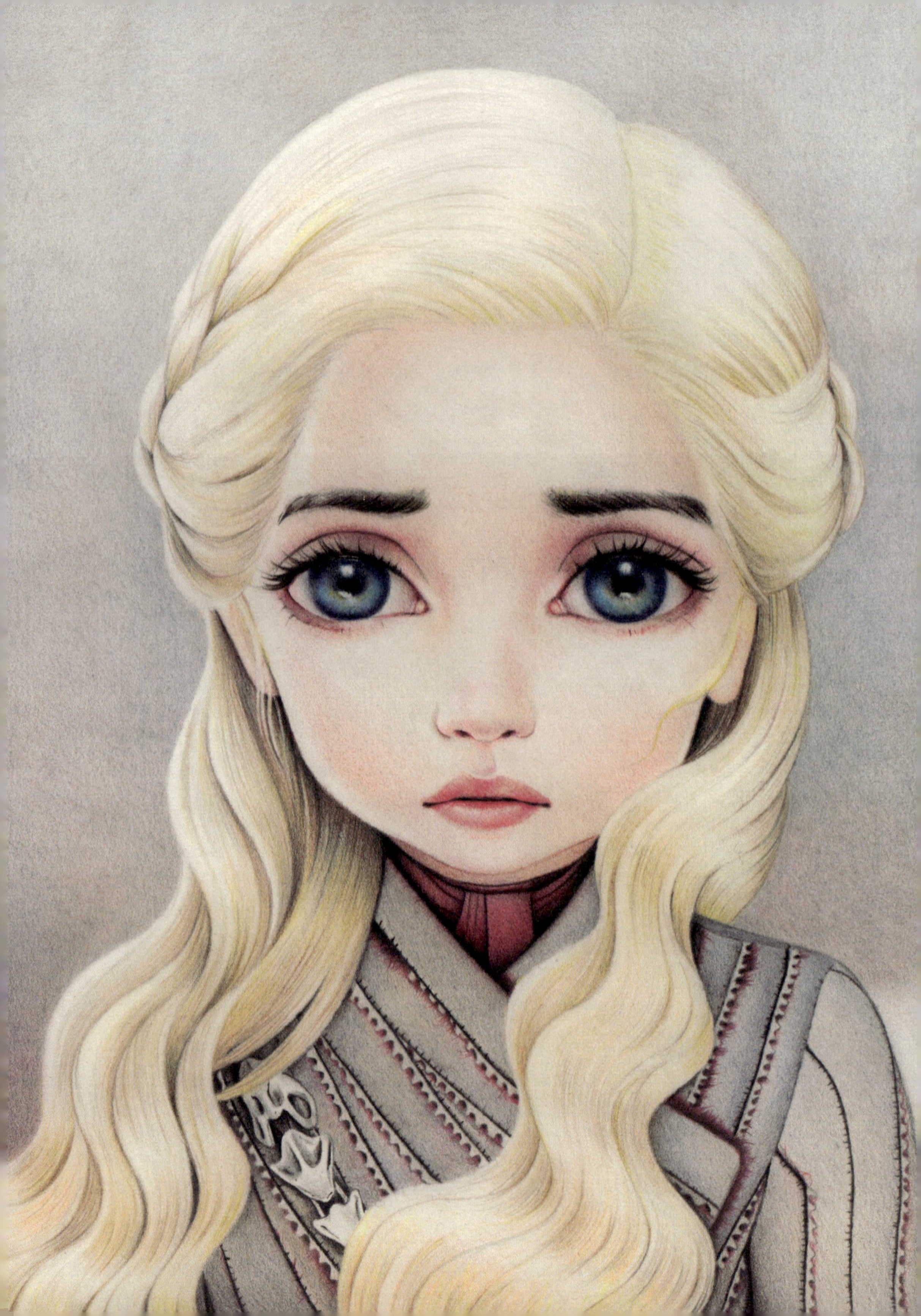

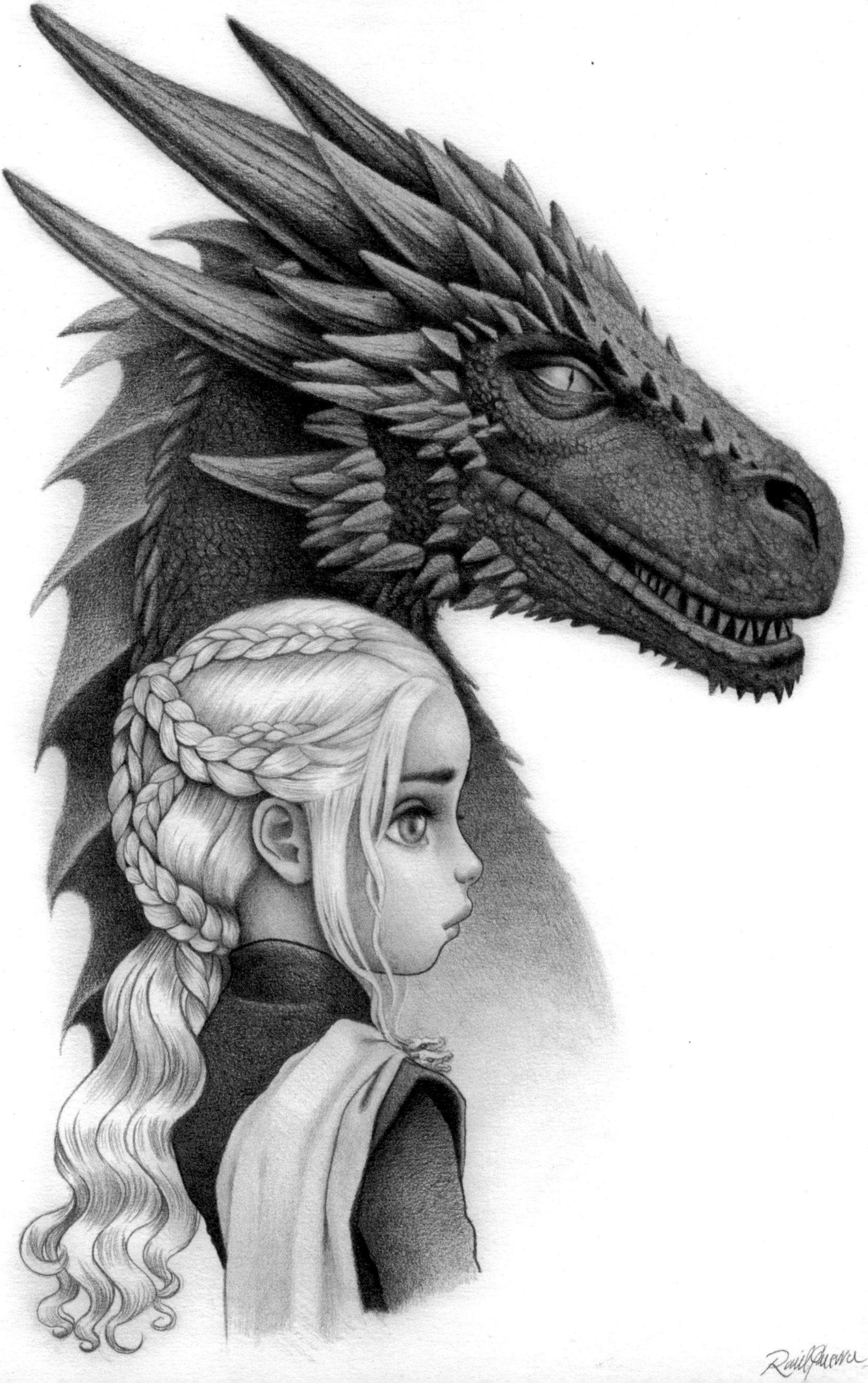

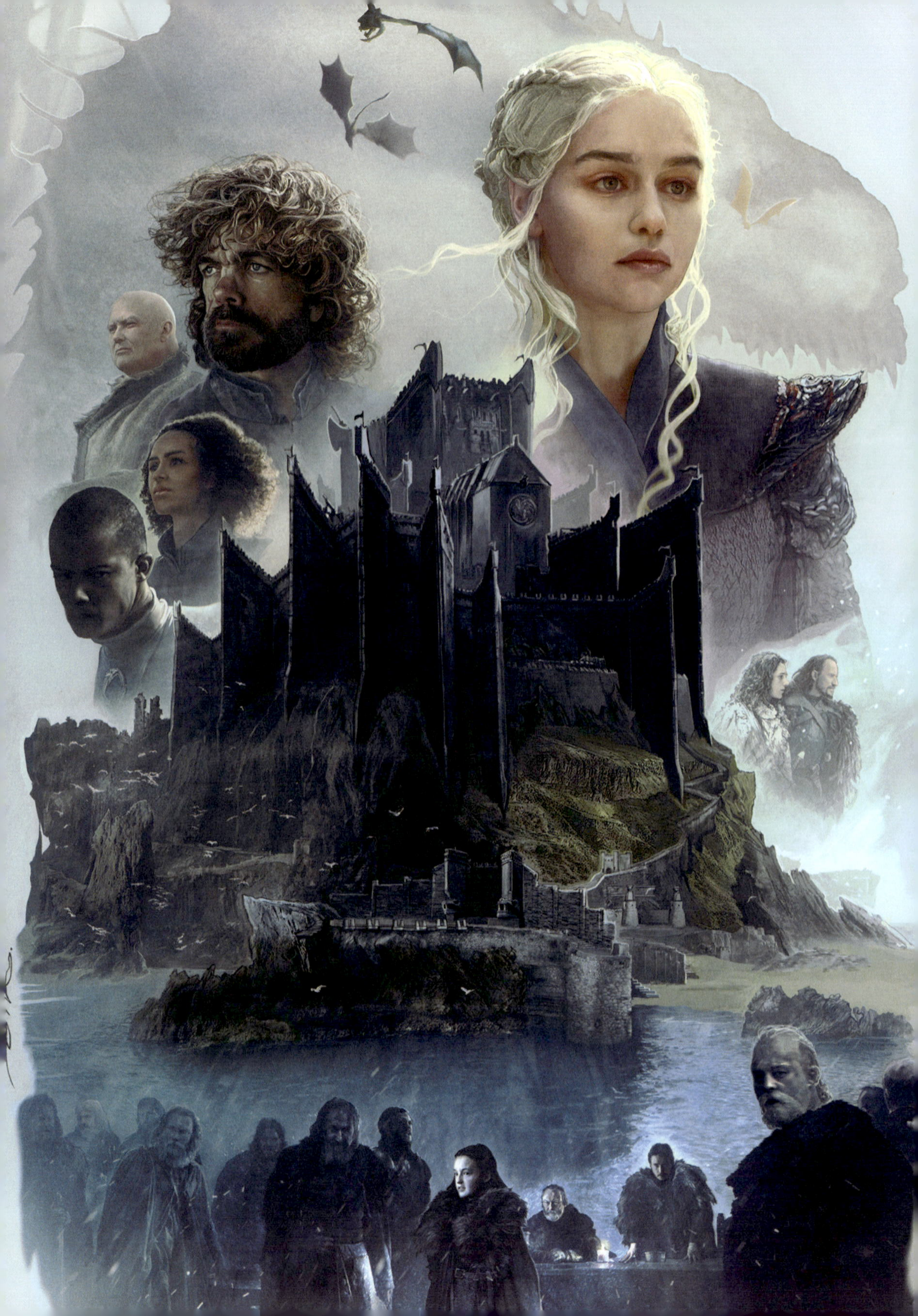

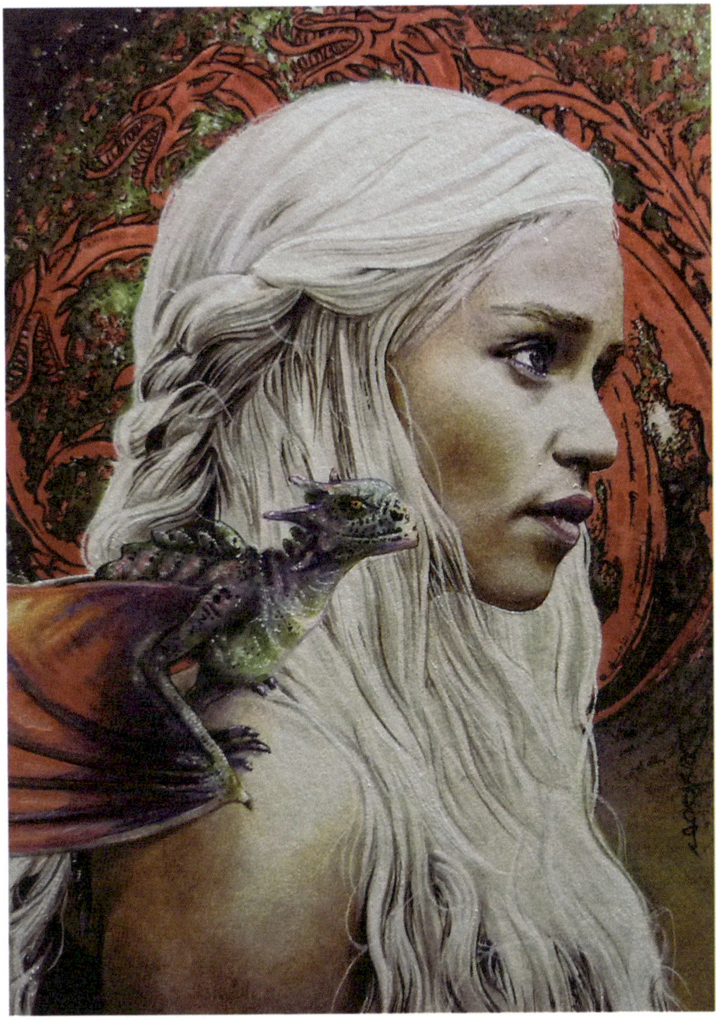

RHAEGAL - VISERION - DROGON

JORAH MORMONT

GREY WORM

MISSANDEI

TYRION LANNISTER

LORD VARYS

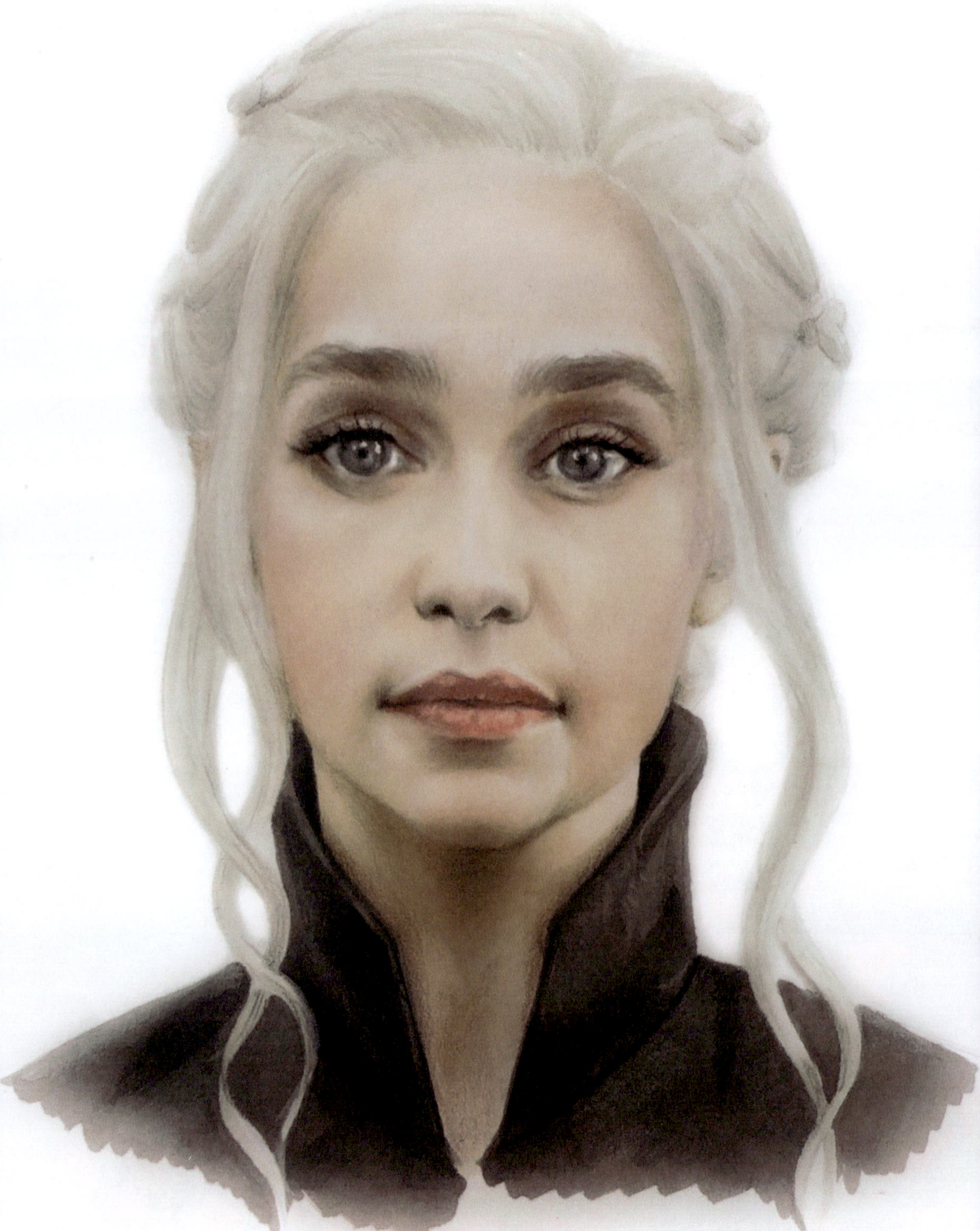

“UNSULLIED! SLAY THE MASTERS, SLAY THE SOLDIERS, SLAY EVERY MAN WHO HOLDS A WHIP, BUT HARM NO CHILD. STRIKE THE CHAINS OFF EVERY SLAVE YOU SEE!”

“¡Inmaculados! Maten a los amos, maten a los soldados, maten a todo hombre que sostenga un látigo, pero no hagan daño a los niños. ¡Corten las cadenas de cada esclavo que vean!”

- Daenerys Targaryen -

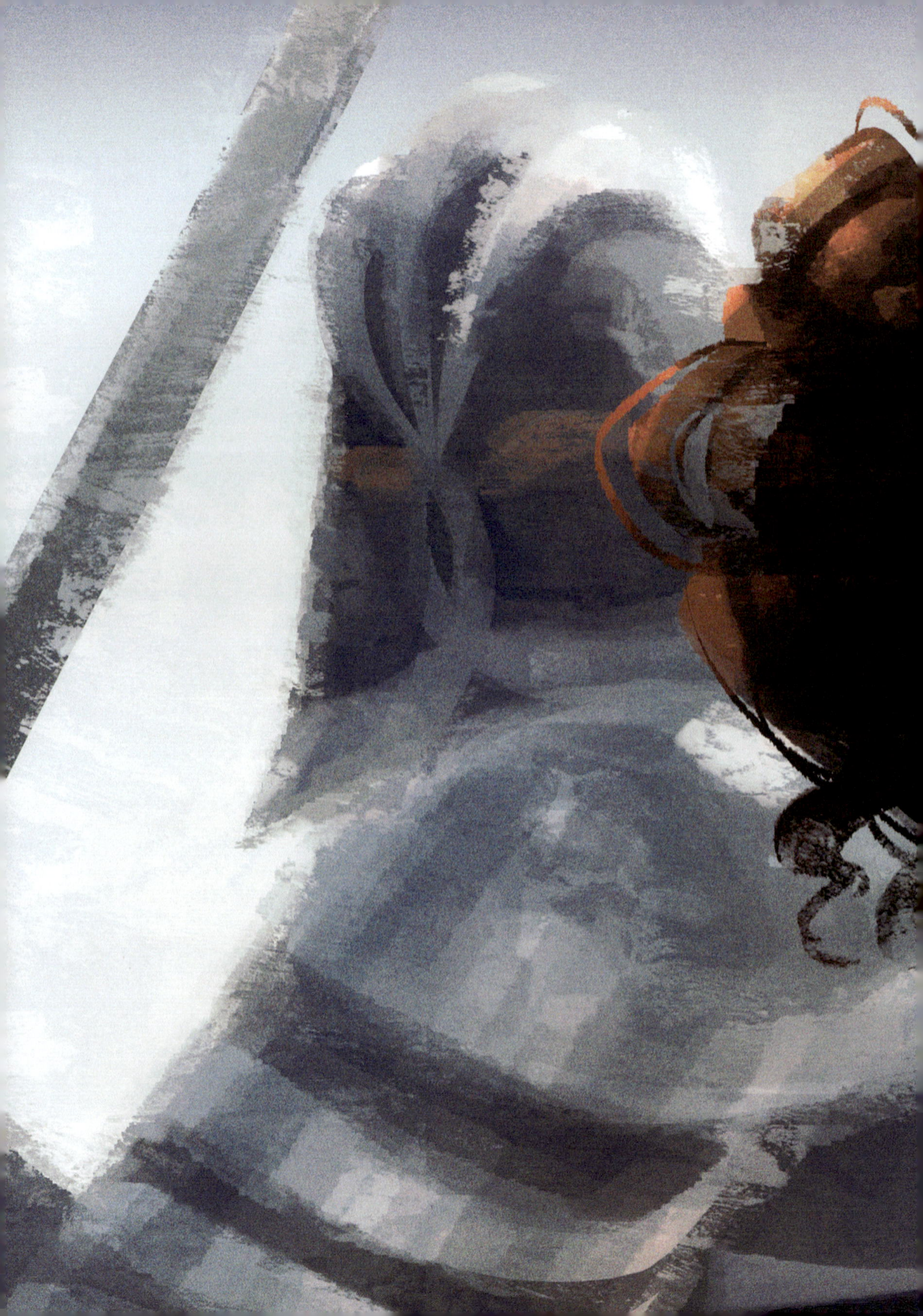

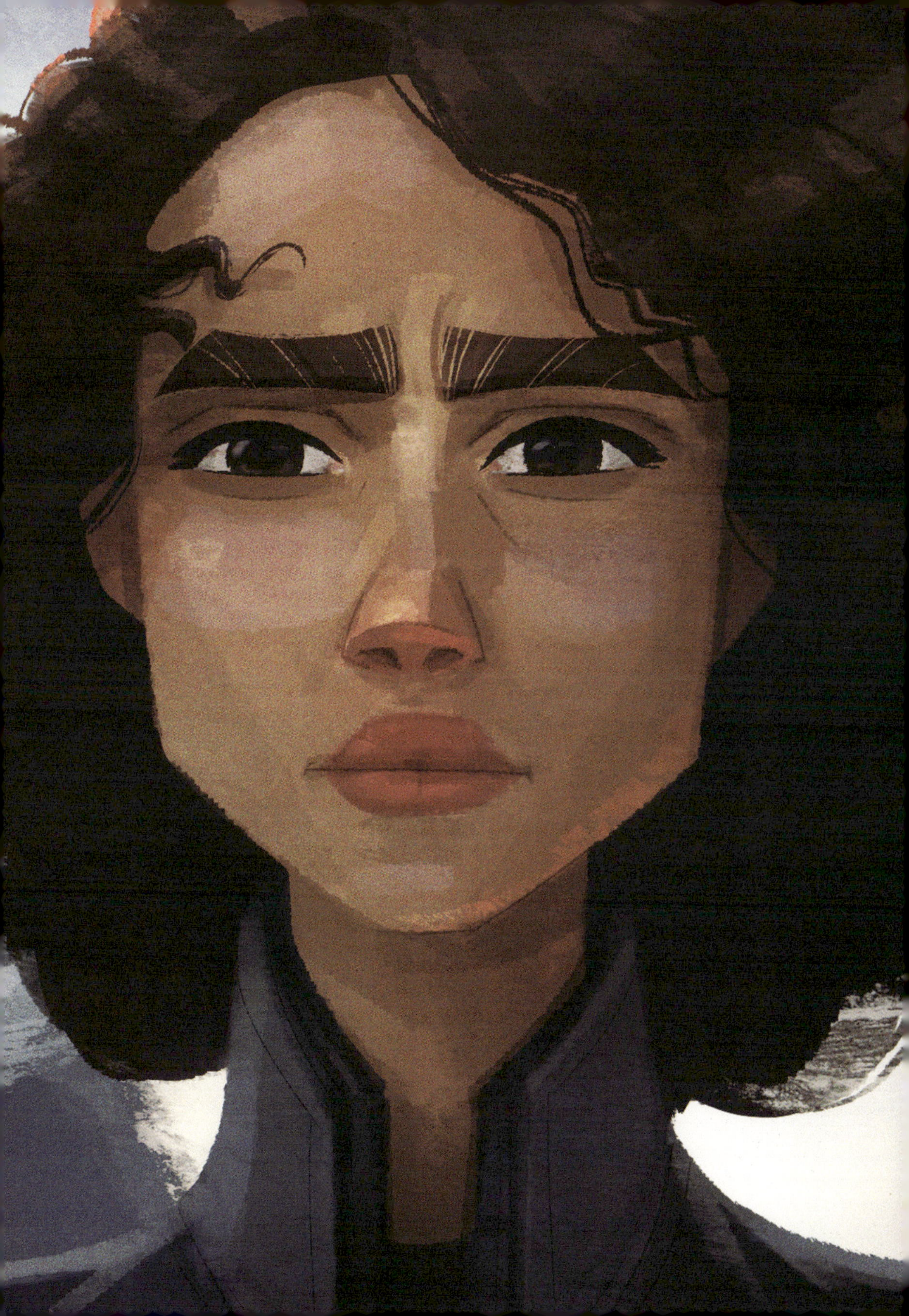

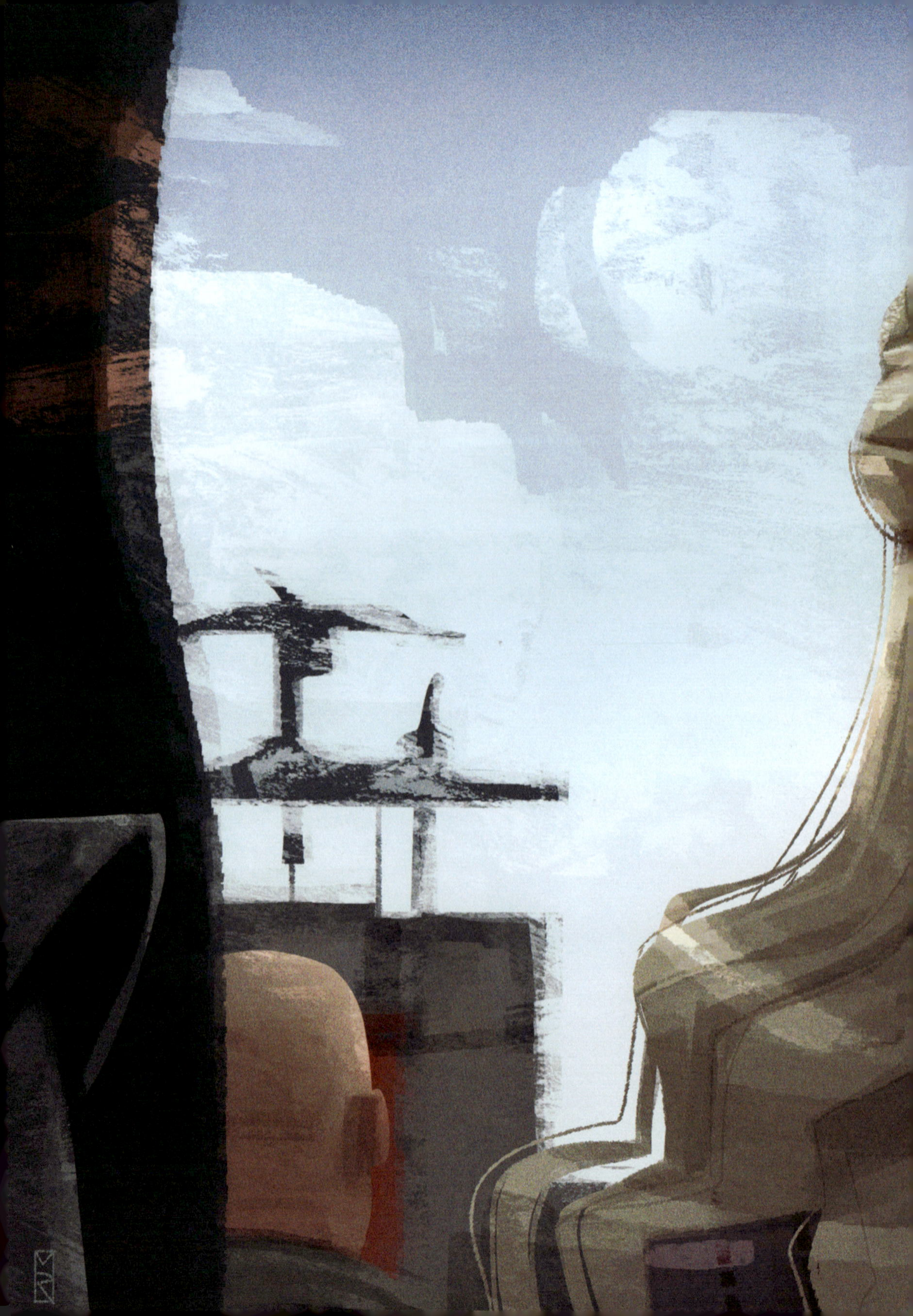

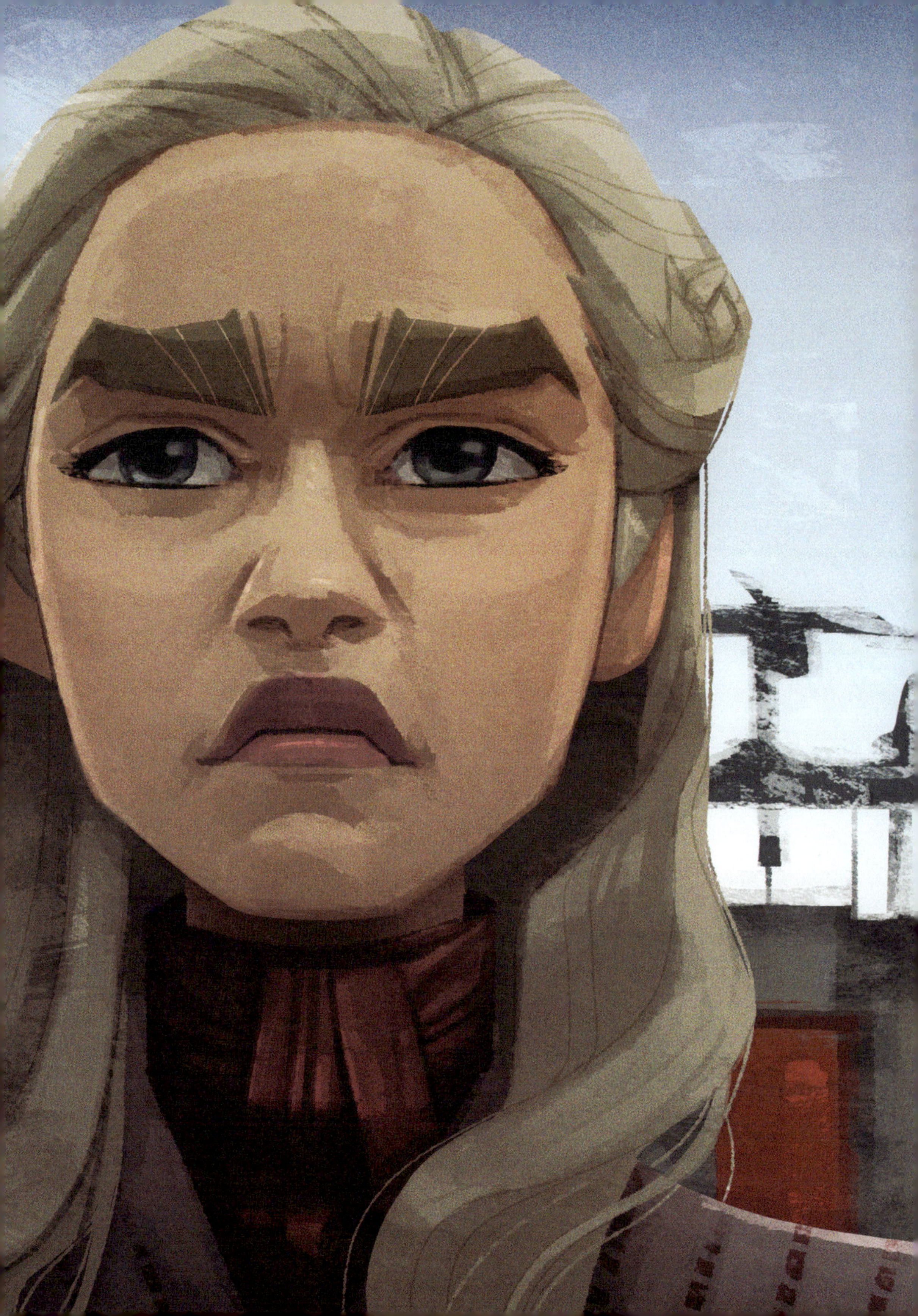

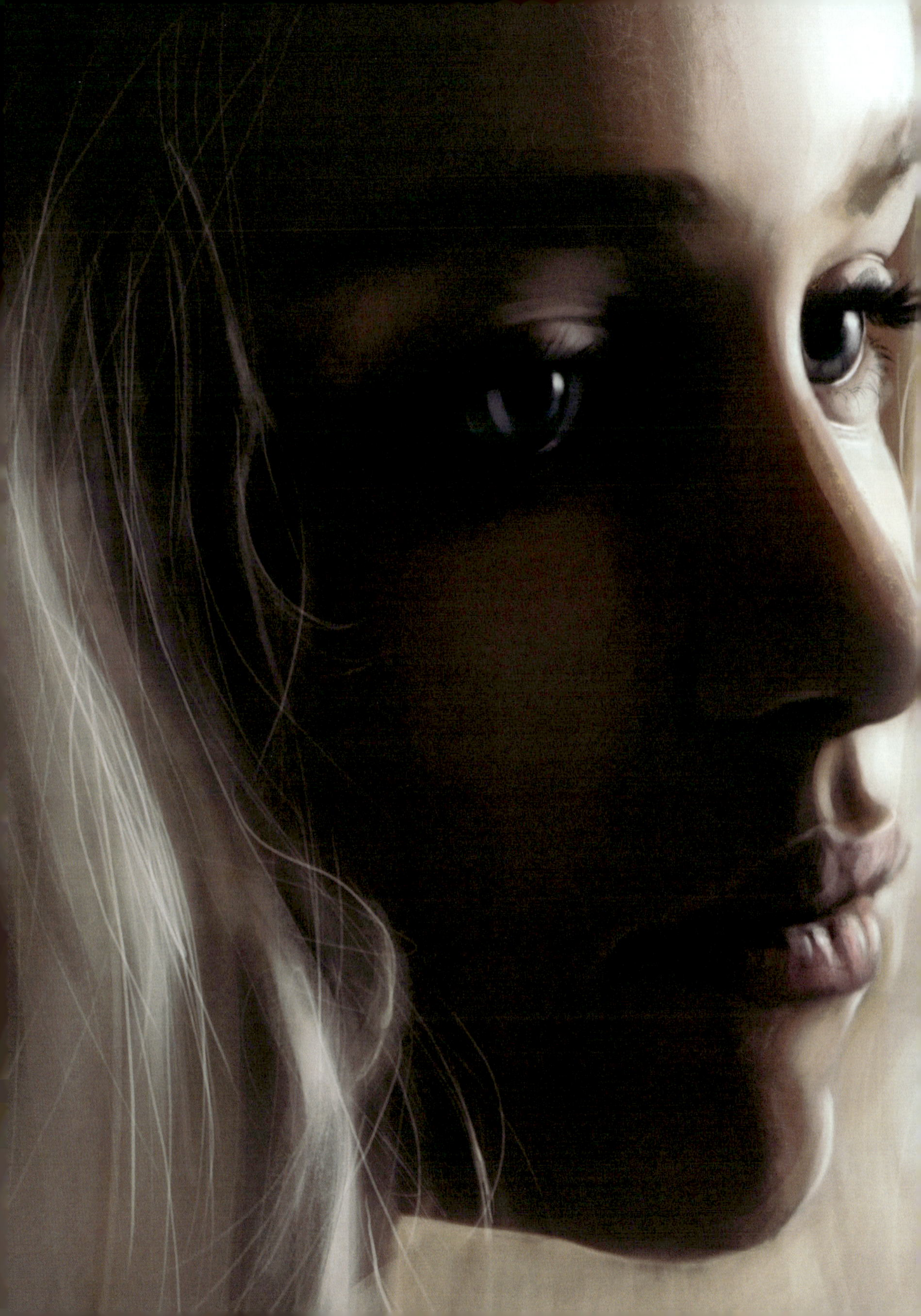

"I WILL ANSWER INJUSTICE WITH JUSTICE"

"Responderé a la injusticia con justicia"

- Daenerys Targaryen -

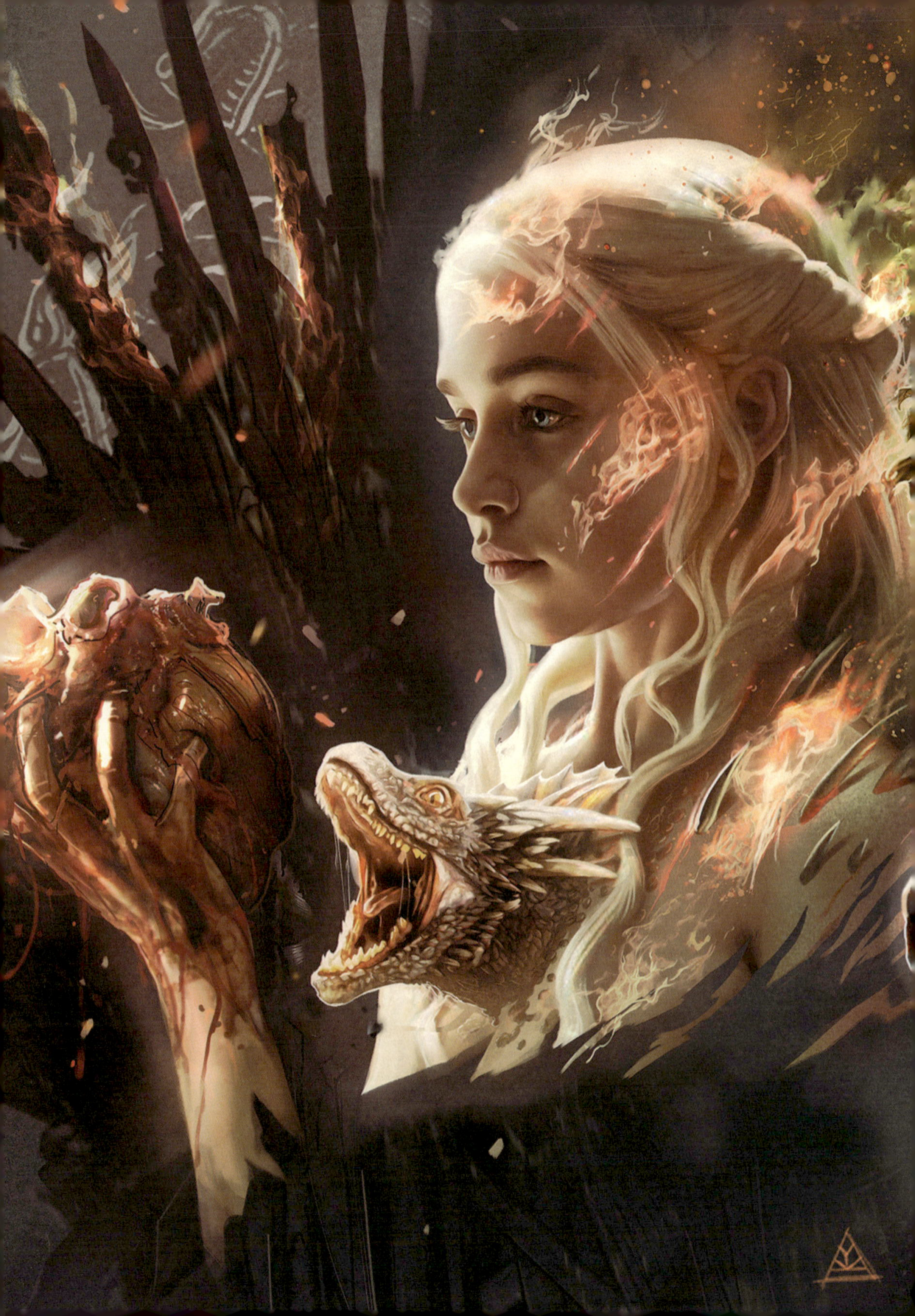

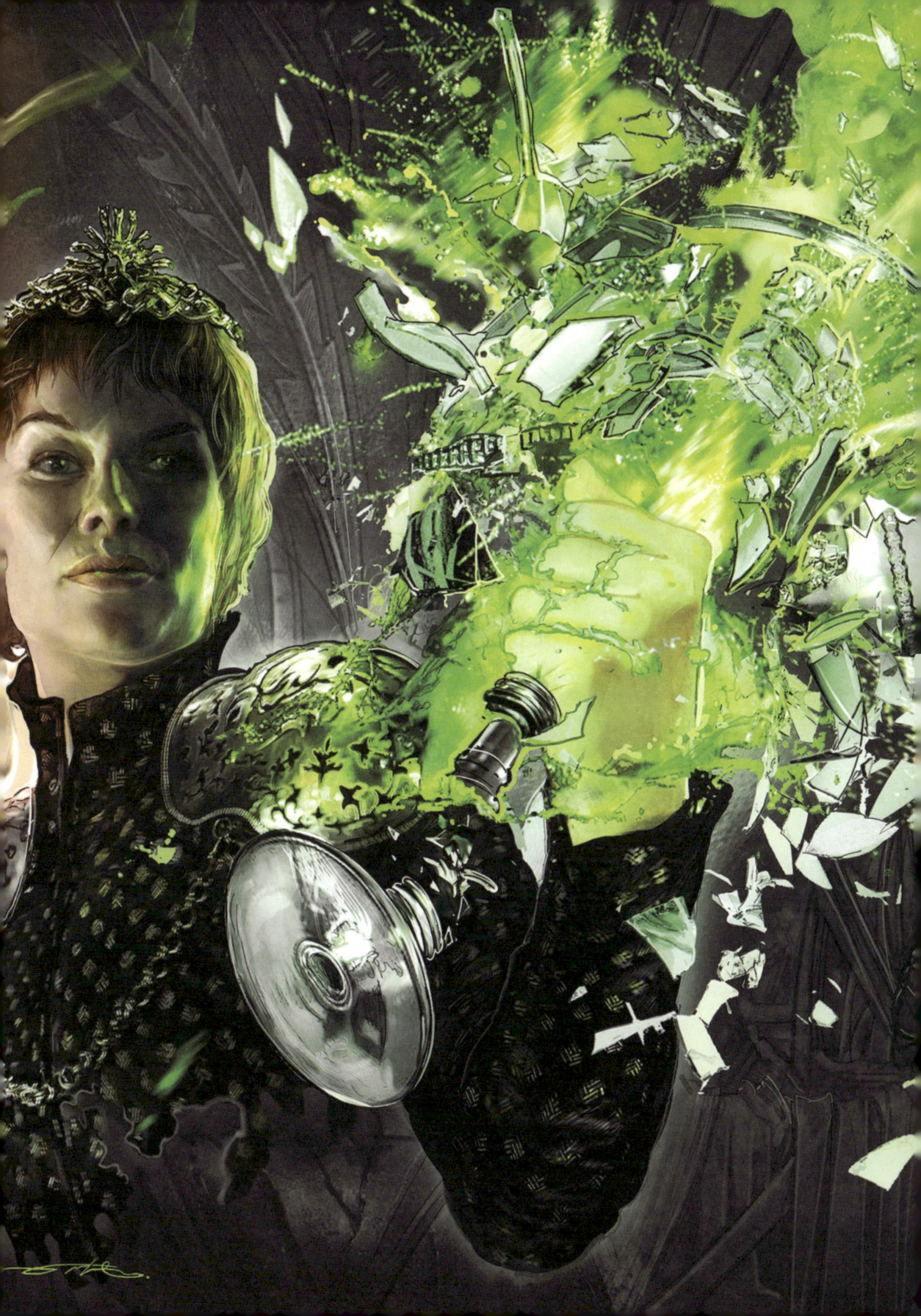

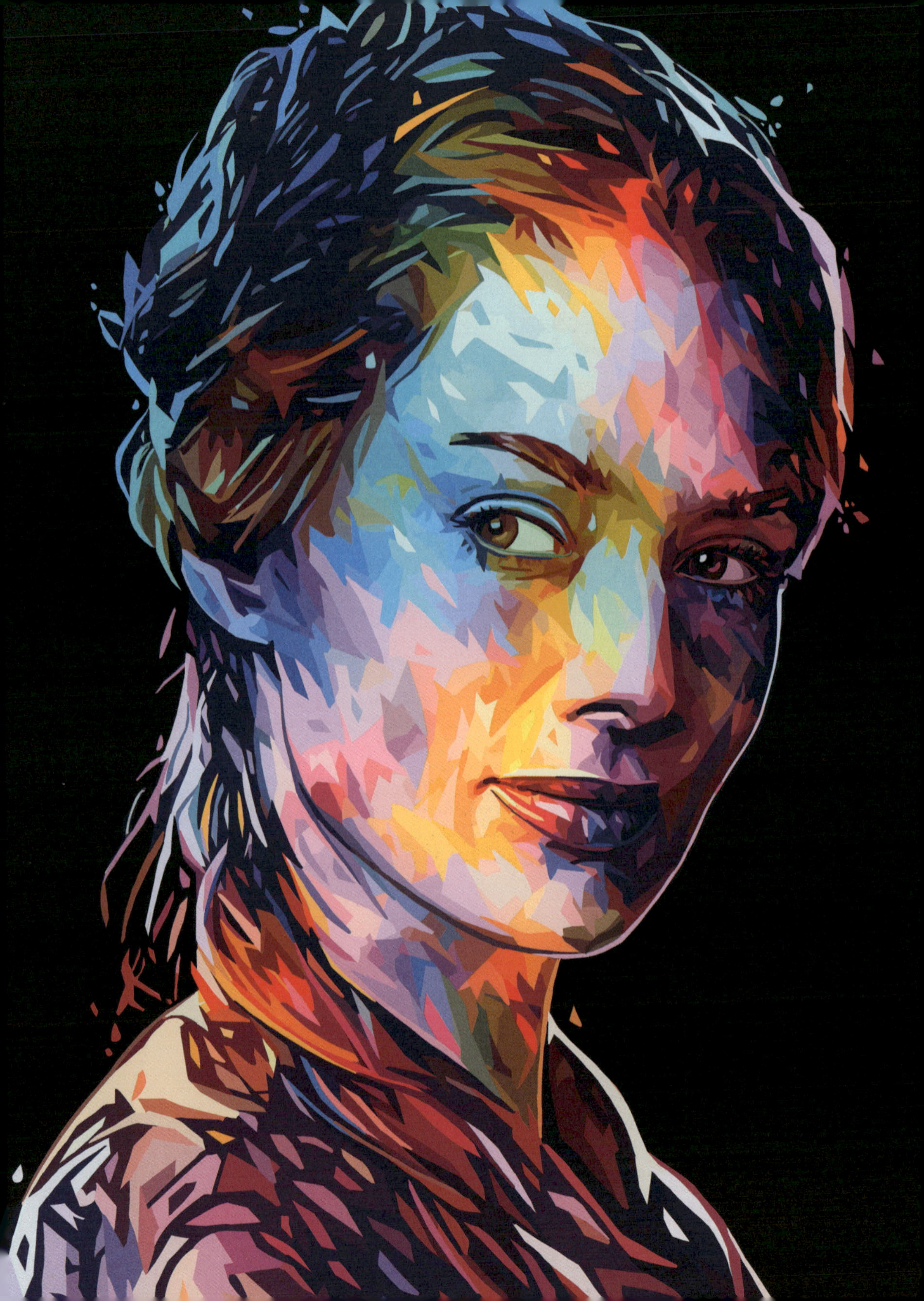

“THE ONLY WAY TO KEEP YOUR PEOPLE LOYAL IS TO MAKE CERTAIN THEY FEAR YOU MORE THAN THEY DO THE ENEMY”

“La única forma de que te sean leal es inspirando más temor que tu enemigo”

Cersei Lannister

She has been the great villain of Game of Thrones. A strong woman who has always fought for her own, aggressive and unstoppable.
She wants to achieve power and will not hesitate to show little consideration for others. She is filled with bitterness for all the injustices she has suffered, for the restrictions that patriarchal culture has imposed on her because of her gender, for her father's death at the hands of her brother Tyrion, for her arranged, loveless marriage to Robert Baratheon who made her Queen of the Seven Kingdoms, and for the death of her three children, Joffrey, Myrcella and Tommen, all fruit of her secret incestuous relationship with her brother Jaime.
We have seen her parading before the people with the famous “Walk of Atonement” issued by the High Sparrow.
Cersei has repeatedly demonstrated that she has the intelligence and cruelty needed to govern, following the philosophy of her father, Tywin Lannister, by doing so through fear instead of love.

Ha sido la gran villana de Juego de Tronos. Una mujer fuerte, que siempre ha luchado por los suyos, agresiva e imparable.
Ella quiere alcanzar el poder y no dudará en mostrar poca consideración por los demás. Está llena de amargura por todas las injusticias que ha sufrido, por las restricciones que la cultura patriarcal ha impuesto sobre ella por su género, por la muerte de su padre a manos de su hermano Tyrion, por su matrimonio acordado y sin amor con Robert Baratheon que la convirtió en Reina de los Siete Reinos, y por la muerte de sus tres hijos, Joffrey, Myrcella y Tommen, todos fruto de su secreta relación incestuosa con su hermano Jaime.
La hemos visto desfilando ante el pueblo con el famoso “paseo de la vergüenza” dictado por el Gorrión Supremo.
Cersei ha demostrado en varias ocasiones que tiene la inteligencia y la crueldad necesaria para gobernar, siguiendo la filosofía de su padre, Tywin Lannister, haciéndolo mediante el miedo en vez del amor.

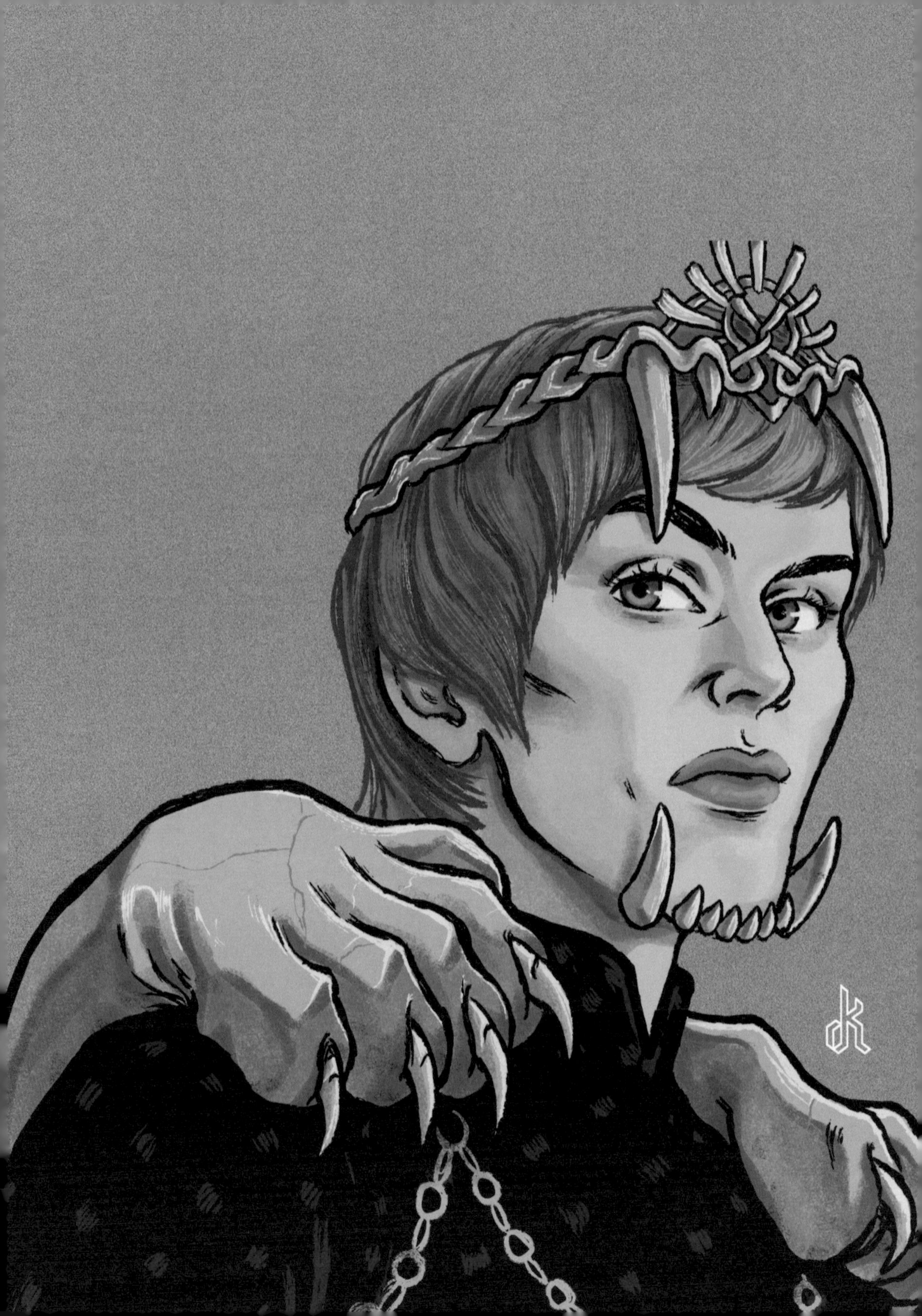

“THE GODS HAVE NO MERCY. THAT’S WHY THEY’RE GODS”

“Los dioses no tienen piedad, por eso son dioses”

- Cersei Lannister -

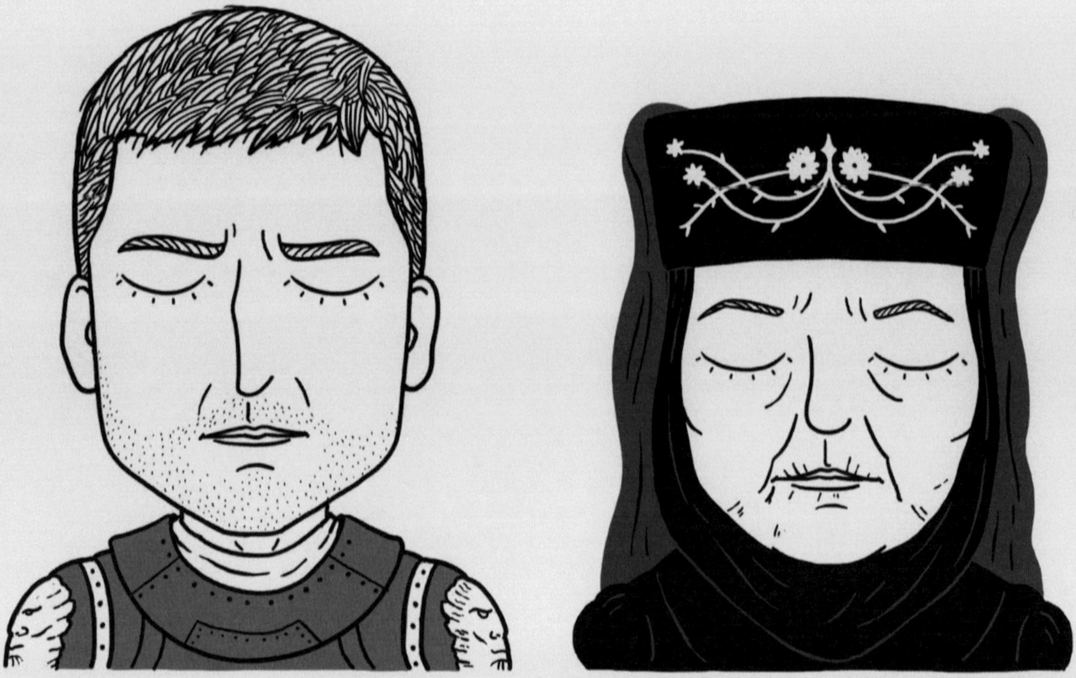

Tell Cersei. I want her to know it was me.

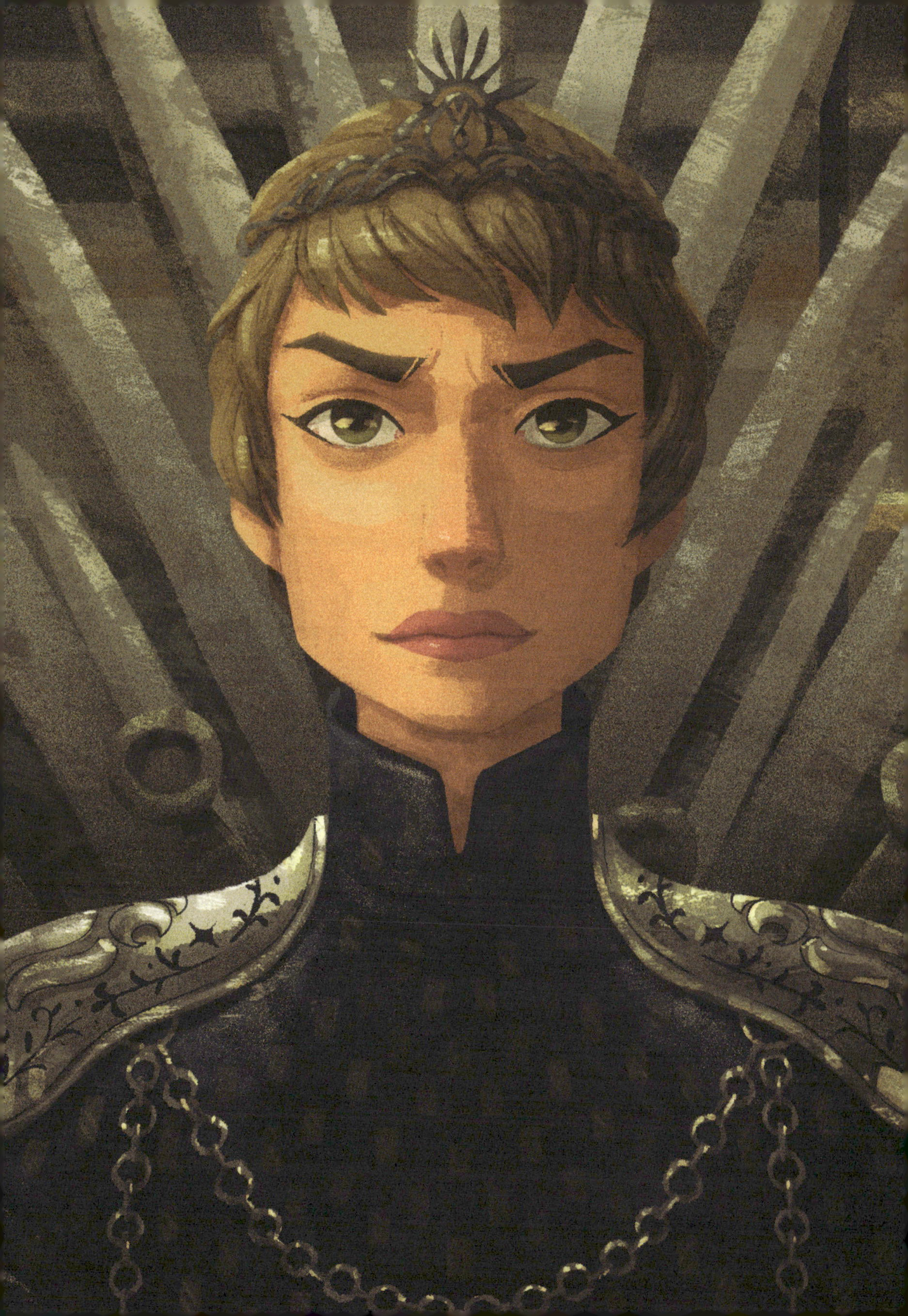

"WHEN YOU PLAY THE GAME OF THRONES, YOU WIN OR YOU DIE. THERE IS NO MIDDLE GROUND"

"Cuando juegas al Juego de Tronos, o ganas o mueres. No hay término medio"

- Cersei Lannister -

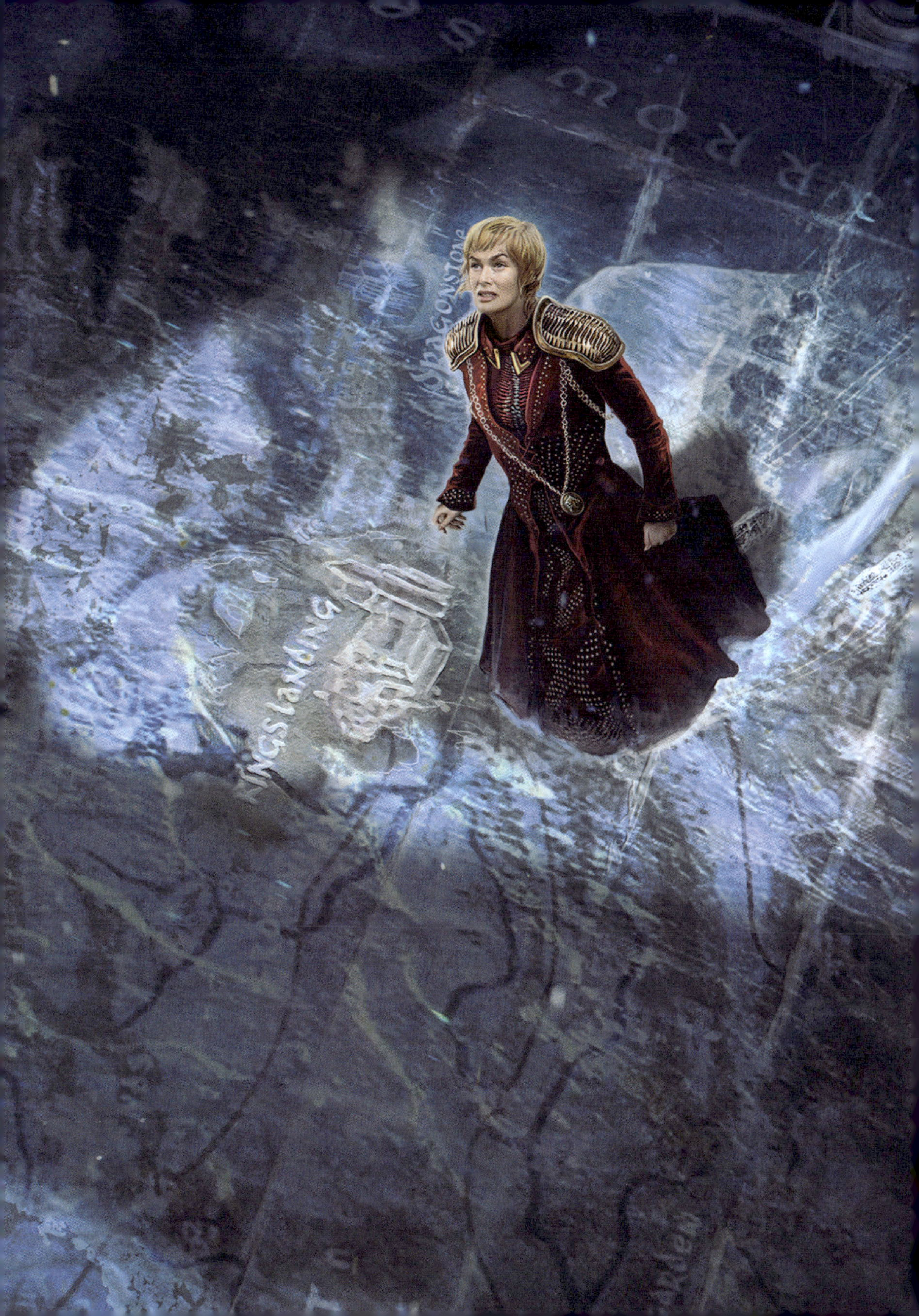
KINGS LANDING

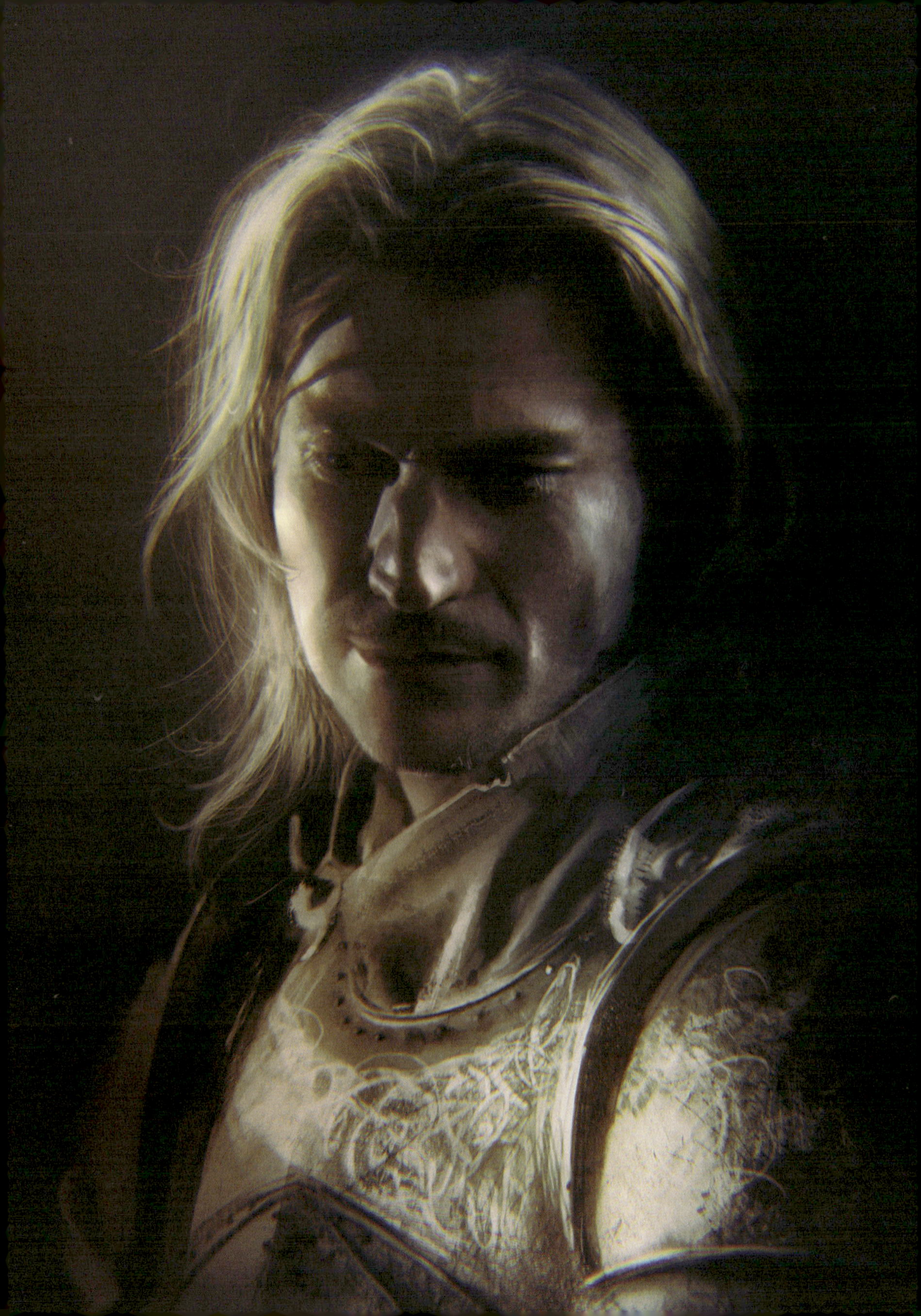

"THE THINGS I DO FOR LOVE"

"Las cosas que hago por amor"

Jaime Lannister

The story of Ser Jaime Lannister is like the tale of the "unlucky knight." With a trajectory marked by the love he feels for his sister Cersei, who will influence most of the decisions he makes along the way. He is nicknamed the Kingslayer, having killed King Aerys II Targaryen, despite the fact that this really was the kindest act in his life, since his intention was to save the town of King's Landing from genocide. He is capable of being chivalrous and charming, as well as cruel and ruthless. When he enters into conflict he chooses to act until the end, regardless of the consequences.

La historia de Ser Jaime Lannister es como el cuento del "caballero desdichado". Con una trayectoria marcada por el amor que siente hacia su hermana Cersei, que le influenciará en la mayor parte de las decisiones que tome a lo largo de su historia. Es apodado como el Matarreyes, por asesinar al rey Aerys II Targaryen, a pesar de que realmente este fuera el hecho más bondadoso de su vida, ya que su intención era la de salvar al pueblo de Desembarco del Rey de un genocidio. Es capaz de ser caballeroso y encantador, a la vez que cruel y despiadado. Cuando entra en conflicto elige actuar hasta el final, sin importar las consecuencias.

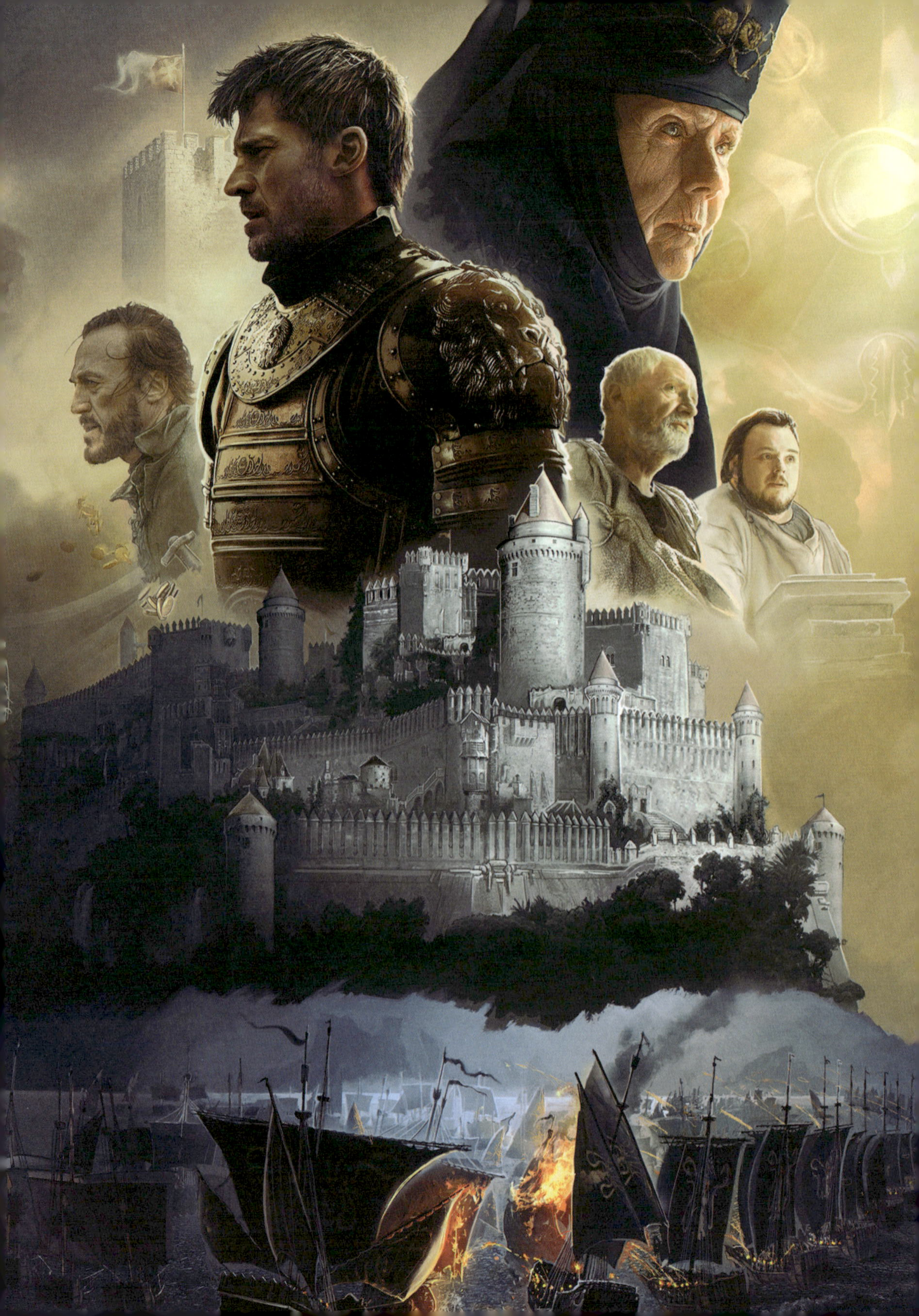

"I'D HATE TO DIE LIKE YOUR SON. CLAWING AT MY NECK, FOAM AND BILE SPILLING FROM MY MOUTH, EYES BLOOD RED, SKIN PURPLE"

"Detestaría morir como vuestro hijo, agarrándome el cuello, espumarajos y bilis brotando de la boca, ojos inyectados en sangre, la piel amoratada"

Olenna Tyrell

Olenna Tyrell of Highgarden is the matriarch of the Tyrells. She is nicknamed the Queen of Thorns because of her cunning, wit and sharp tongue.
Leaving us moments like this:
The Privy Council member was on his way to welcome Olenna Tyrell saying, "The city has been made brighter by your presence." To which Oleanna rebuked "Is that your usual line, Lord Varys? Are you here to seduce me?" adding, "What happens when the nonexistent bumps against the decrepit?"

Olenna Tyrell de Altojardín es la matriarca de los Tyrell. Es apodada la Reina de las Espinas, por su astucia, ingenio y lengua afilada.
Dejándonos momentos como este:
El miembro del Consejo Privado se dirigía a darle la bienvenida a Olenna Tyrrel diciendo: "La ciudad es más luminosa por vuestra presencia." A lo que Olenna le reprocha "Es vuestra frase habitual Lord Varys. ¿Venís a seducirme?" y añade "¿Qué pasa cuando lo inexistente se topa con lo decrépito?"

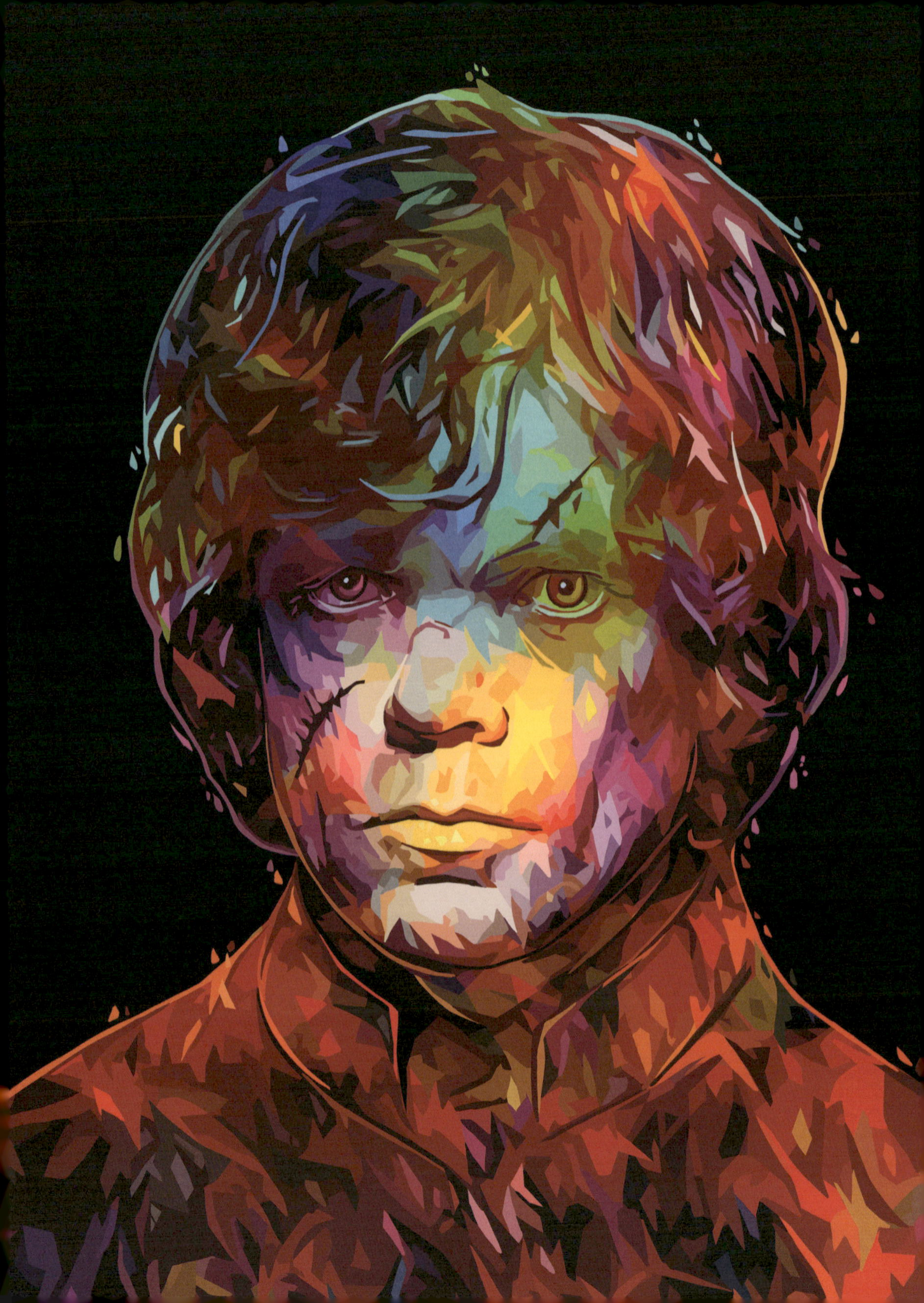

“THOUGH I WOULD TREASURE YOUR FRIENDSHIP, I’M MAINLY INTERESTED IN YOUR FACILITY WITH MURDER. AND IF THE DAY EVER COMES WHERE YOU’RE TEMPTED TO SELL ME OUT, REMEMBER THIS: WHATEVER THE PRICE, I’LL BEAT IT. I LIKE LIVING”

“Aunque atesoraría tu amistad, estoy principalmente interesado en tu facilidad para el asesinato. Y si llega el día en que estés tentado de venderme, recuerda esto: cualquiera que sea el precio, lo mejoraré. Me gusta vivir”

Tyrion Lannister

Nicknamed The Imp and The Halfman. Since birth, Tyrion Lannister had to fight the contempt of others, including his own family. Causing his mother’s death during childbirth made both his father and sister hate him. His brother Jaime was the only one that felt affection and had a brotherly relationship with him. He is polite, insightful, and calculating. He manages to alleviate his inadequacies with wine, ingenuity and self-indulgence. In spite of everything, he always strives to strengthen and protect the family that hates him so much.

Apodado el Gnomo y Mediohombre. Desde su nacimiento, Tyrion Lannister tuvo que luchar contra el desprecio de los demás, incluida su propia familia. El provocar la muerte de su madre en el parto hizo que tanto su padre como su hermana le odiaran. Su hermano Jaime fue el único que sentía afecto y tenía una relación de hermanos con él. Es educado, perspicaz y calculador, consigue aliviar sus insuficiencias con el vino, el ingenio y la auto-indulgencia. A pesar de todo, siempre se esfuerza por fortalecer y proteger a la familia que tanto le odia.

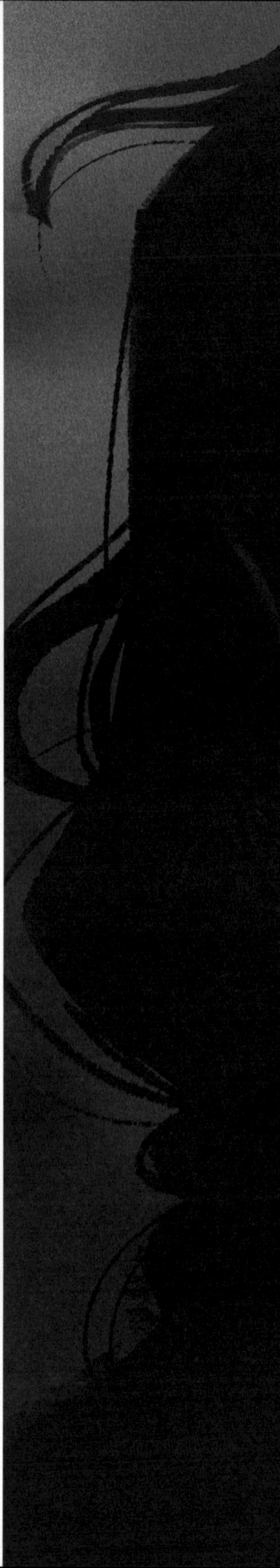

"I LIKE MY HEAD, AND I DON'T WANT TO SEE IT REMOVED JUST YET"

"Me gusta mi cabeza.
No quiero verla cortada por ahora"

- Tyrion Lannister -

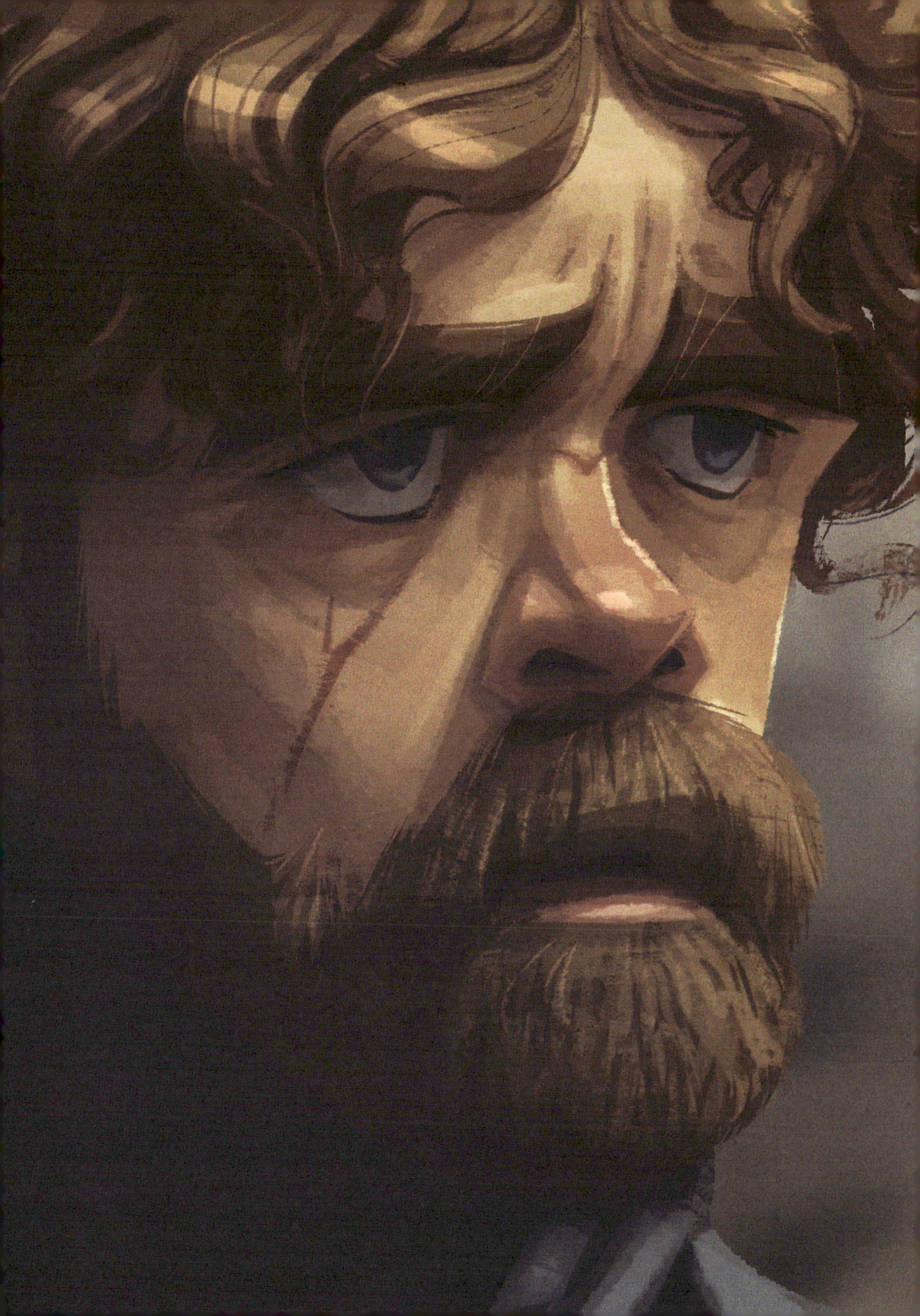

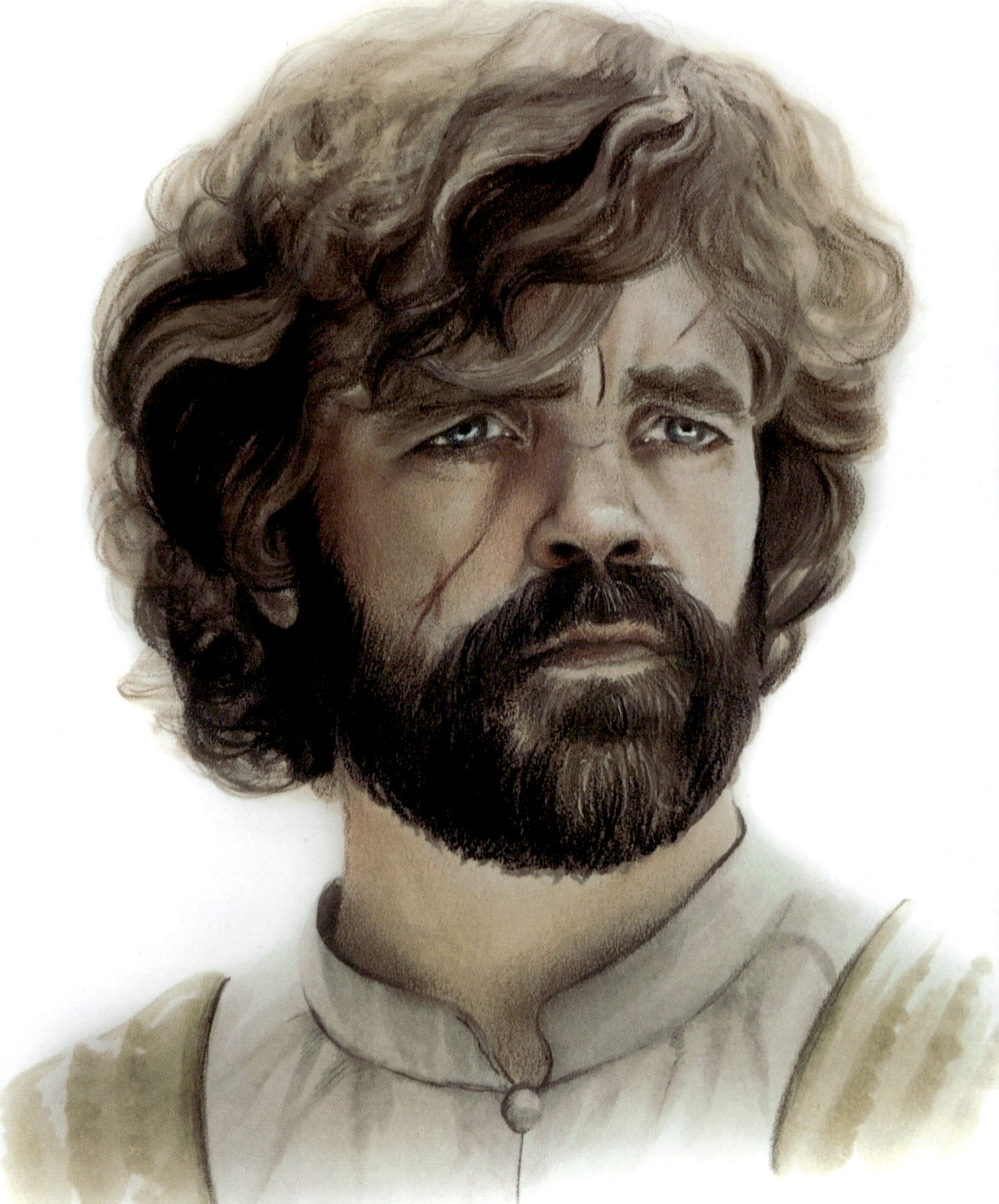

"WOULD YOU RATHER BE CALLED THE IMP? LET THEM SEE THAT THEIR WORDS CAN CUT YOU AND YOU'LL NEVER BE FREE OF THE MOCKERY. IF THEY WANT TO GIVE YOU A NAME, TAKE IT, MAKE IT YOUR OWN. THEN THEY CAN'T HURT YOU WITH IT ANYMORE"

"¿Preferirías que te llamaran el Gnomo? Si dejas que se den cuenta de que sus palabras te hacen daño, jamás te librarás de las burlas. Si te ponen un mote, recógelo y transfórmalo en tu nombre, y así no podrán usarlo para herirte"

- Tyrion Lannister -

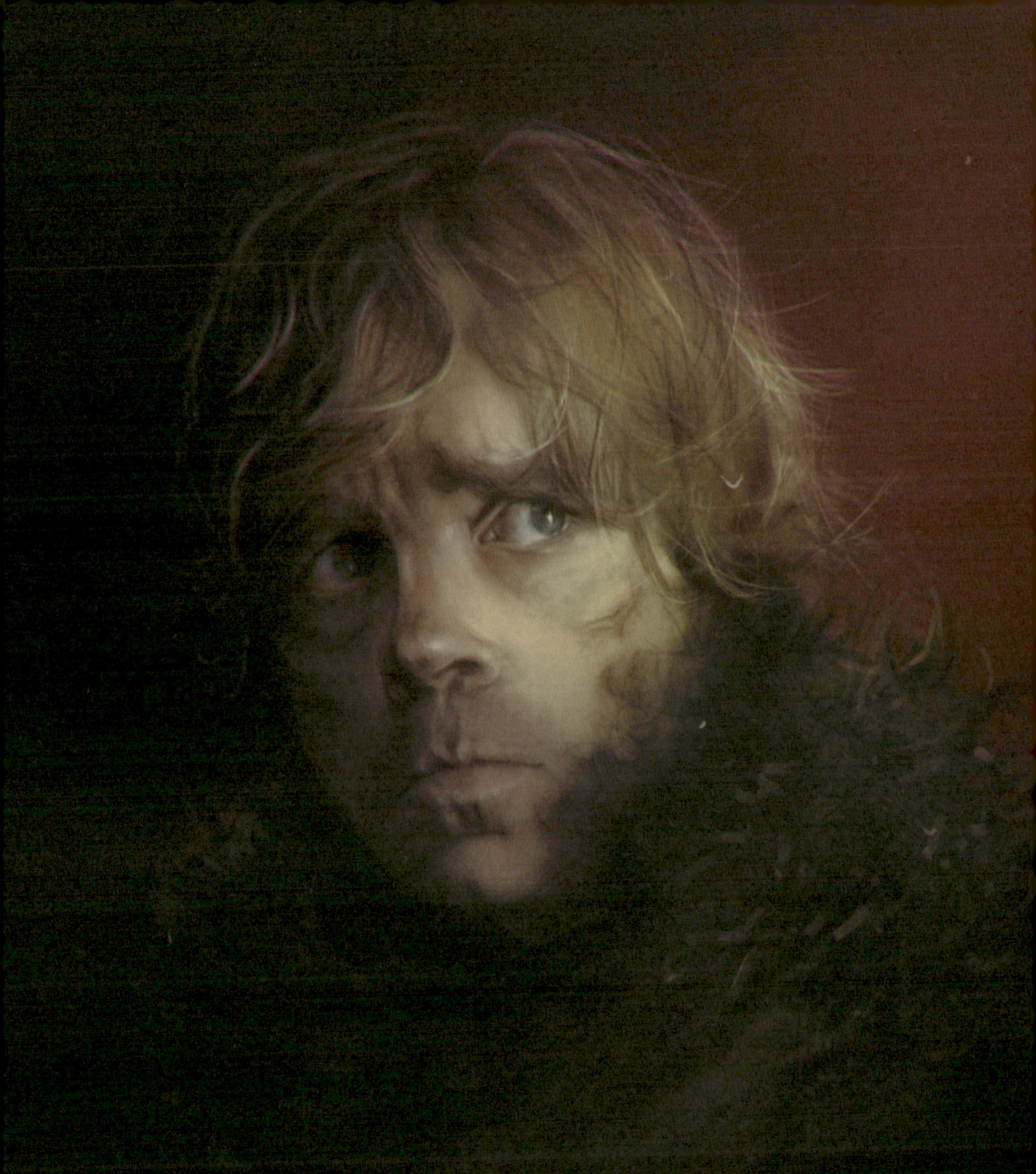

“ALL DWARFS ARE BASTARDS IN THEIR FATHER’S EYES”

“Todos los enanos son bastardos ante los ojos de su padre”

- Tyrion Lannister -

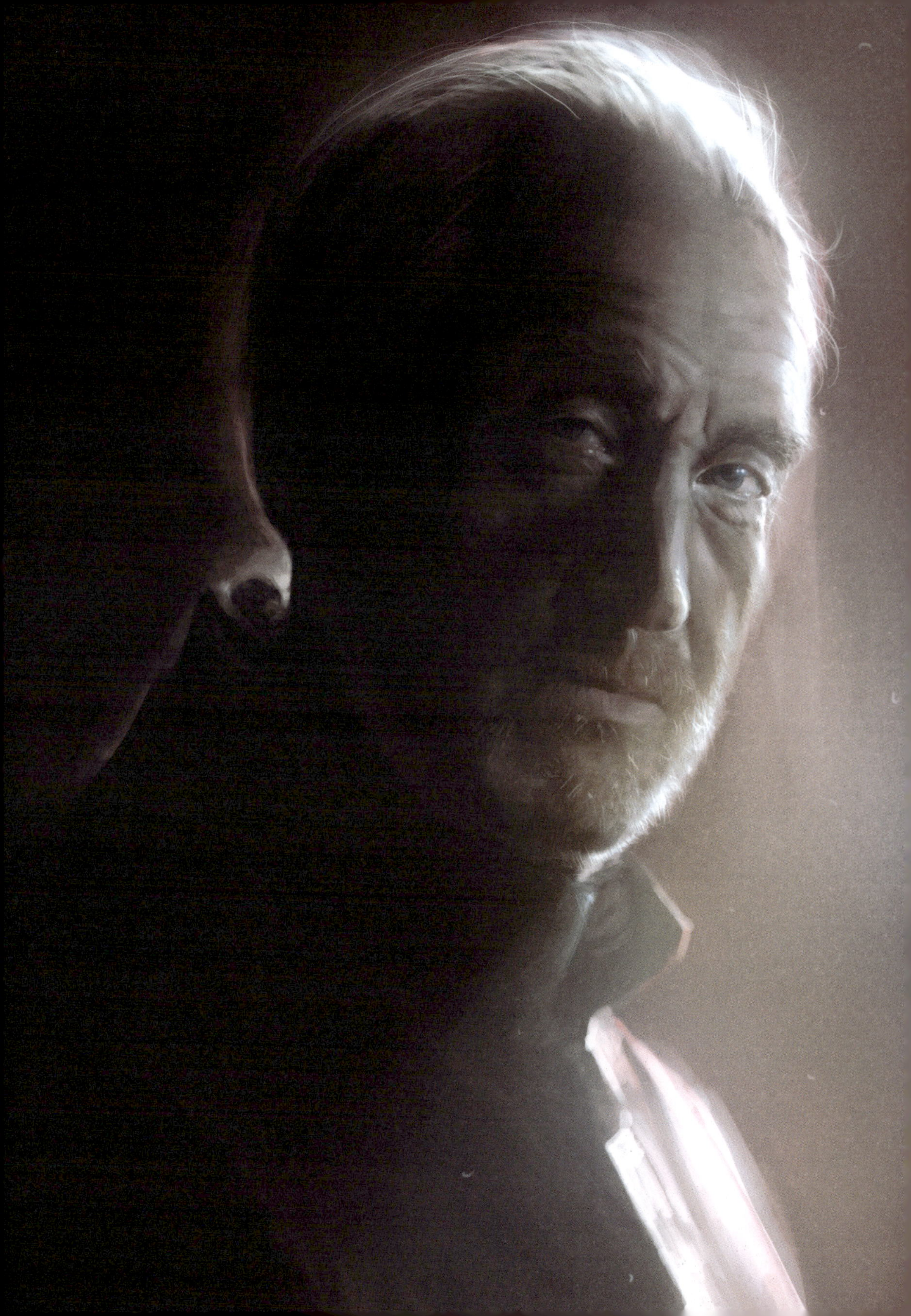

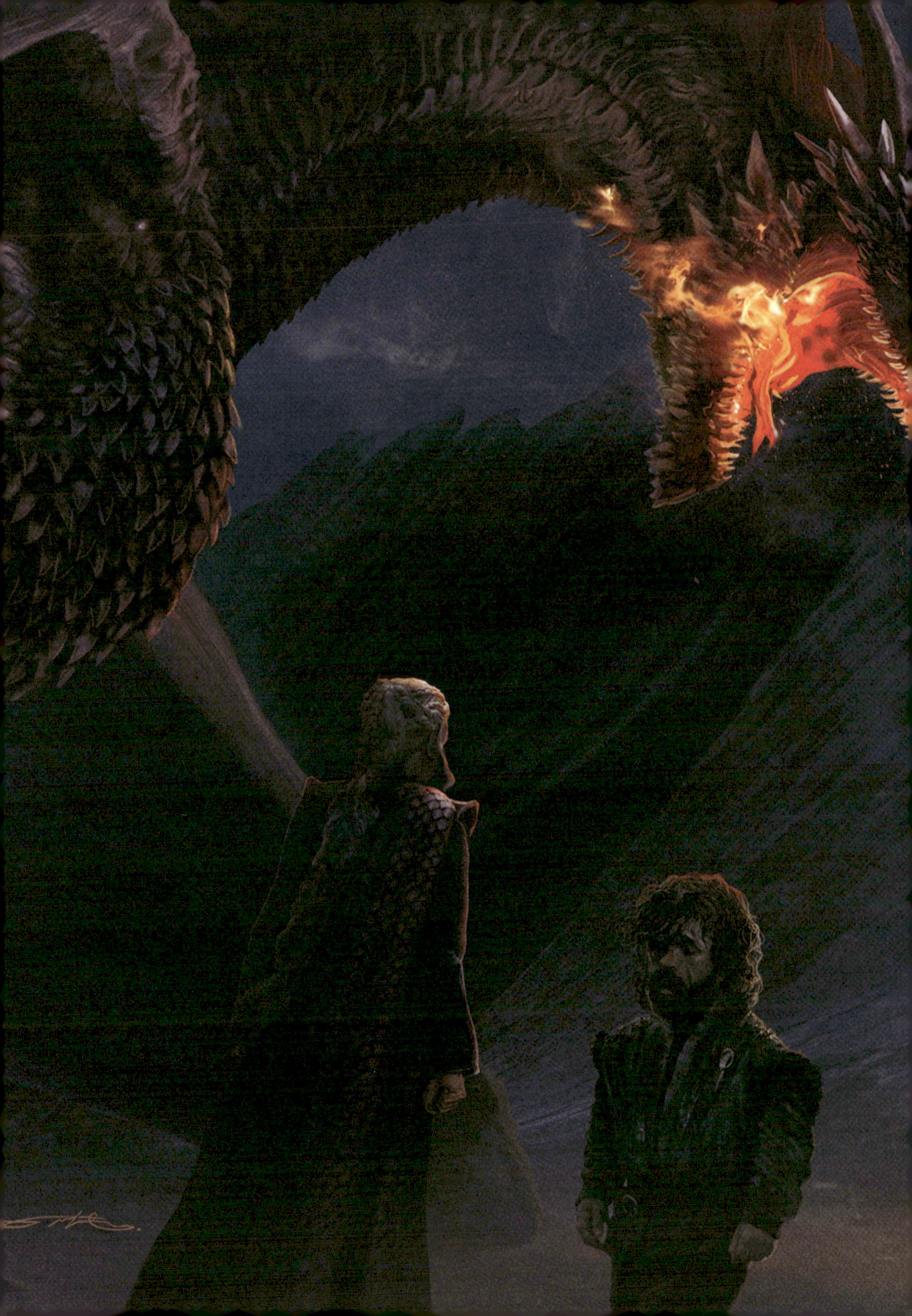

"MADNESS AND GREATNESS ARE TWO SIDES OF THE SAME COIN. EVERY TIME A NEW TARGARYEN IS BORN, THE GODS TOSS THE COIN IN THE AIR AND THE WORLD HOLDS ITS BREATH TO SEE HOW IT WILL LAND"

"Locura y grandeza son dos caras de la misma moneda y cada vez que un Targaryen nace, los dioses lanzan la moneda al aire y el mundo aguanta la respiración para ver de qué lado caerá"

- Lord Varys -

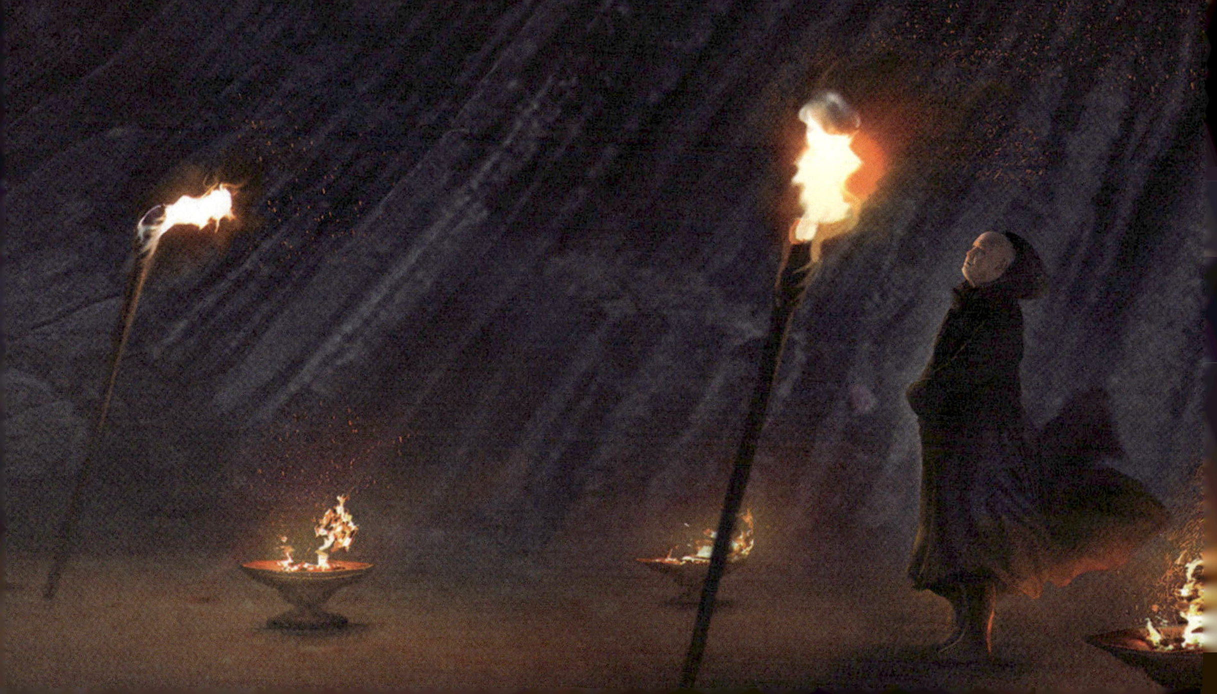

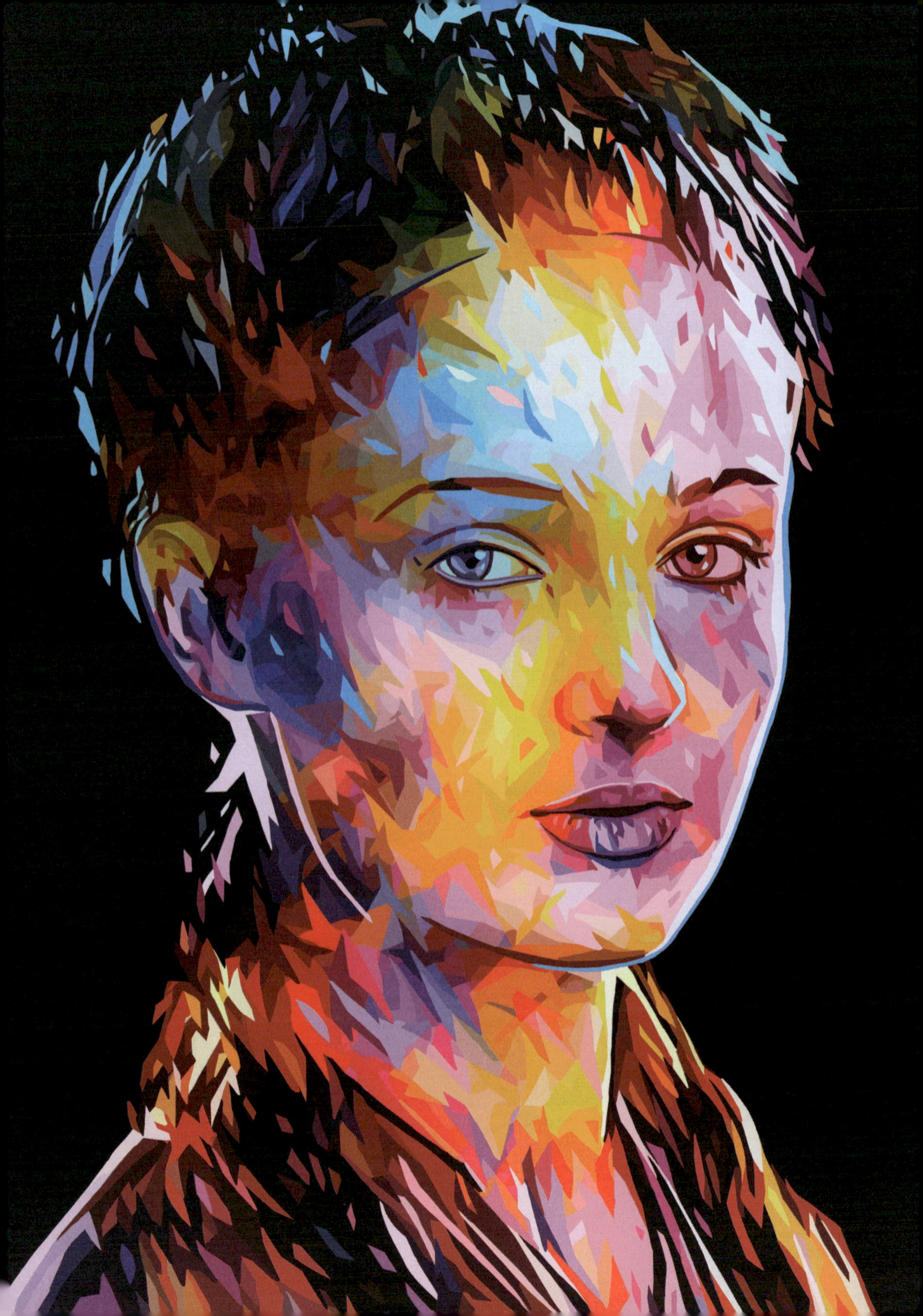

"IF I'M GOING TO DIE LET IT HAPPEN WHILE THERE'S STILL SOME OF ME LEFT"

"Si voy a morir, que sea mientras aún queda algo de mí"

Sansa Stark

Sansa grew up representing an example of a perfect, beautiful and elegant lady. In a silent and subtle manner, she has gone from being an innocent and sensitive teenager with delusions of becoming queen, to a quiet and determined leader who has survived horrible things, such as the physical and psychological abuse she suffered at the hands of Joffrey, Littlefinger and Ramsay Bolton. But like the Phoenix, she rises from the ashes to become Queen of the North.

Sansa creció representando el ejemplo de la dama perfecta, hermosa y elegante. De una manera silenciosa y sutil, ha pasado de ser una adolescente inocente y sensible con delirios de convertirse en reina, a una líder tranquila y decidida que ha sobrevivido a cosas horribles, como el maltrato físico y psicológico que ha sufrido por parte de Joffrey, Meñique y Ramsay Bolton. Pero ella, como el Ave Fénix resurge de sus cenizas para convertirse en la Reina del Norte.

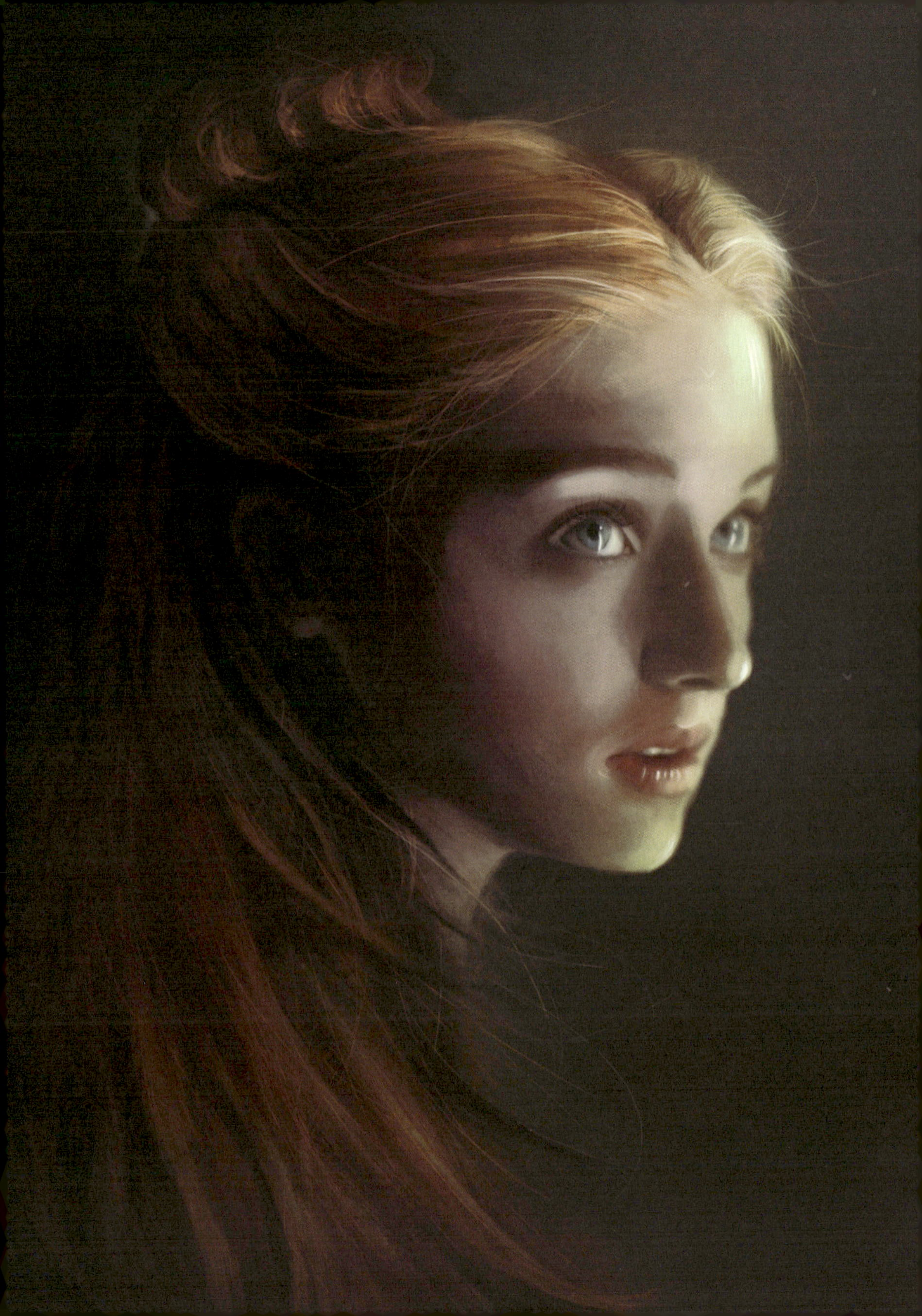

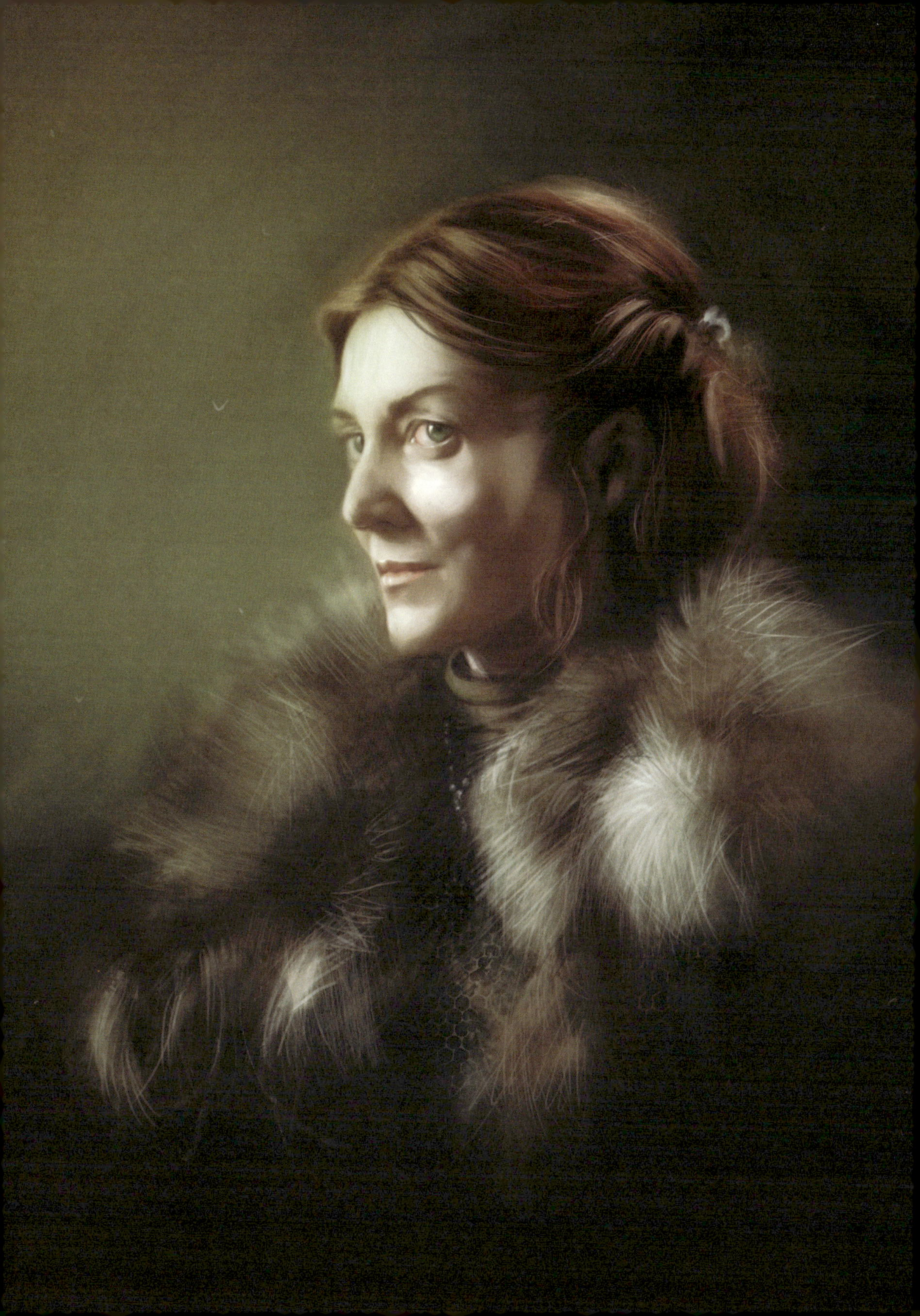

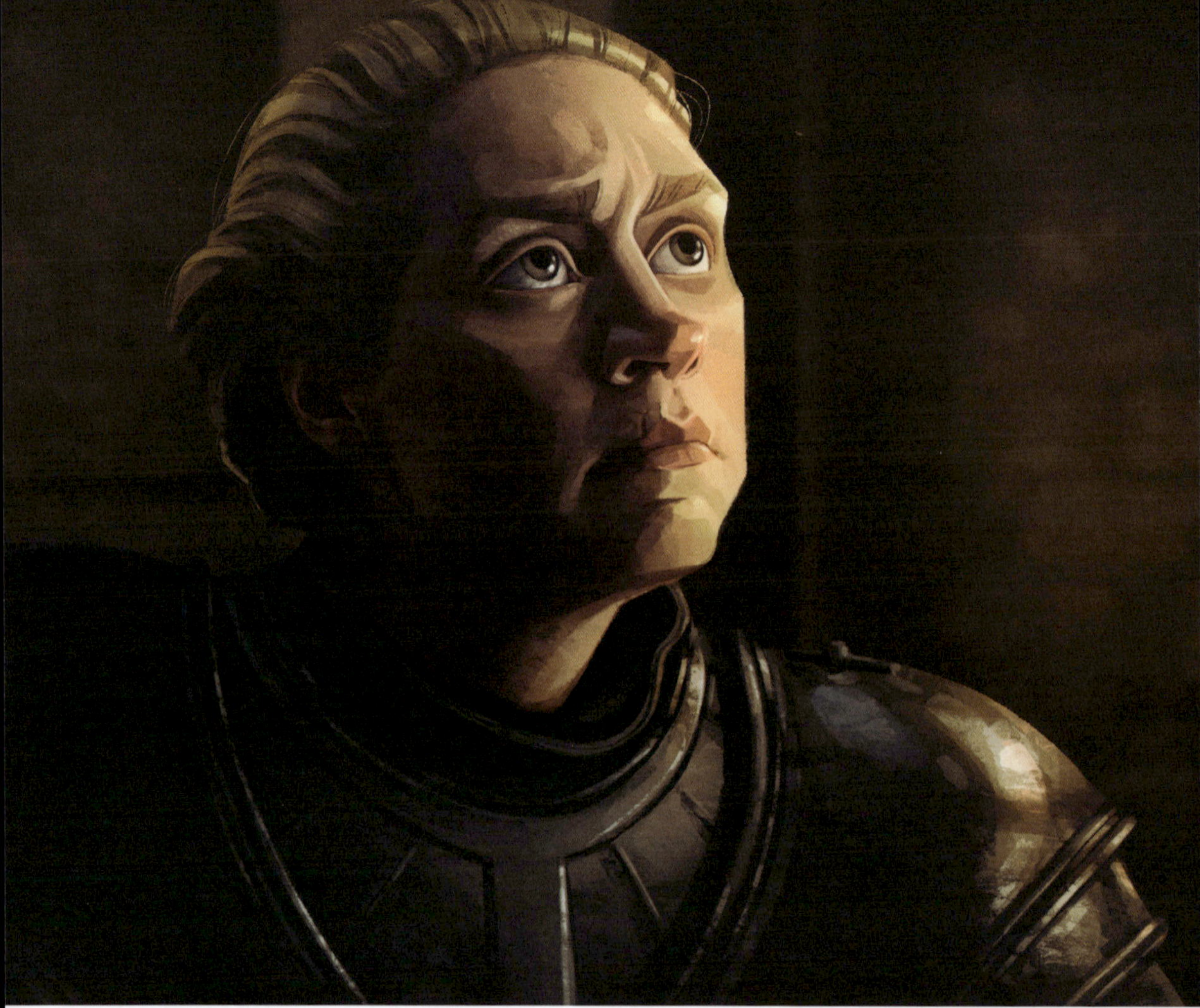

Brienne Tarth

Brienne always tries to live up to the ideal of the knights. She is an honest and loyal woman. She finds it difficult to relate to others, always appearing withdrawn and silent, perhaps due to the rejection and ridicule she endured throughout her life due to her exaggerated male traits and her excessive height. Knights such as Jaime Lannister knew how to see her skill beyond her lack of feminine appearance, and in particular Tormund, who fell madly in love with her.

Brienne trata siempre de vivir respecto al ideal de los caballeros. Es una mujer honesta y leal, le cuesta relacionarse con los demás, mostrándose siempre retraída y callada, quizá debido al rechazo y las burlas que ha tenido que soportar a lo largo de su vida, por sus rasgos exageradamente masculinos y su desmesurada altura. Caballeros como Jaime Lannister, supieron ver su destreza más allá de su poco agraciado aspecto femenino, y en especial Tormund, que se enamoró perdidamente de ella.

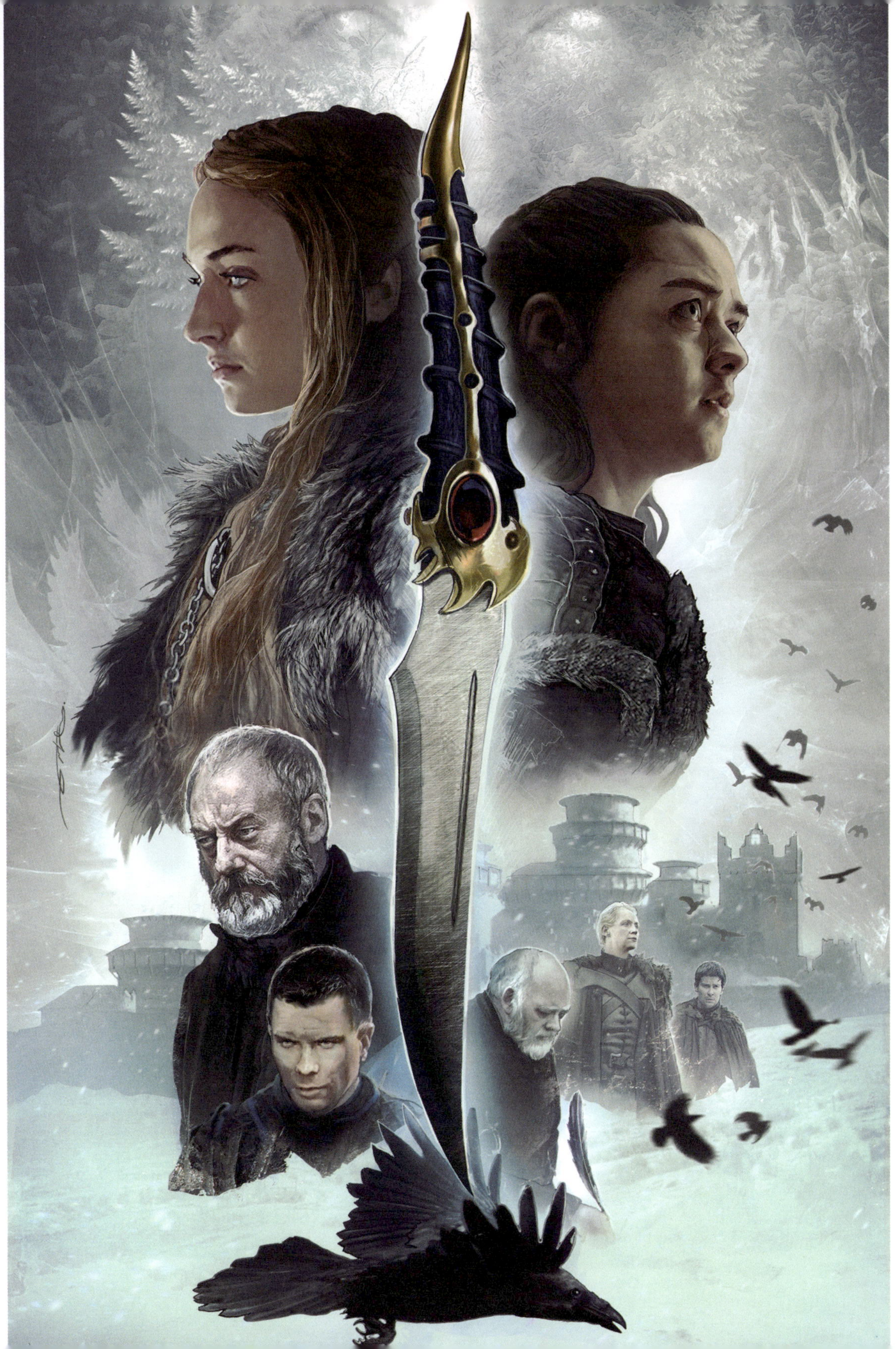

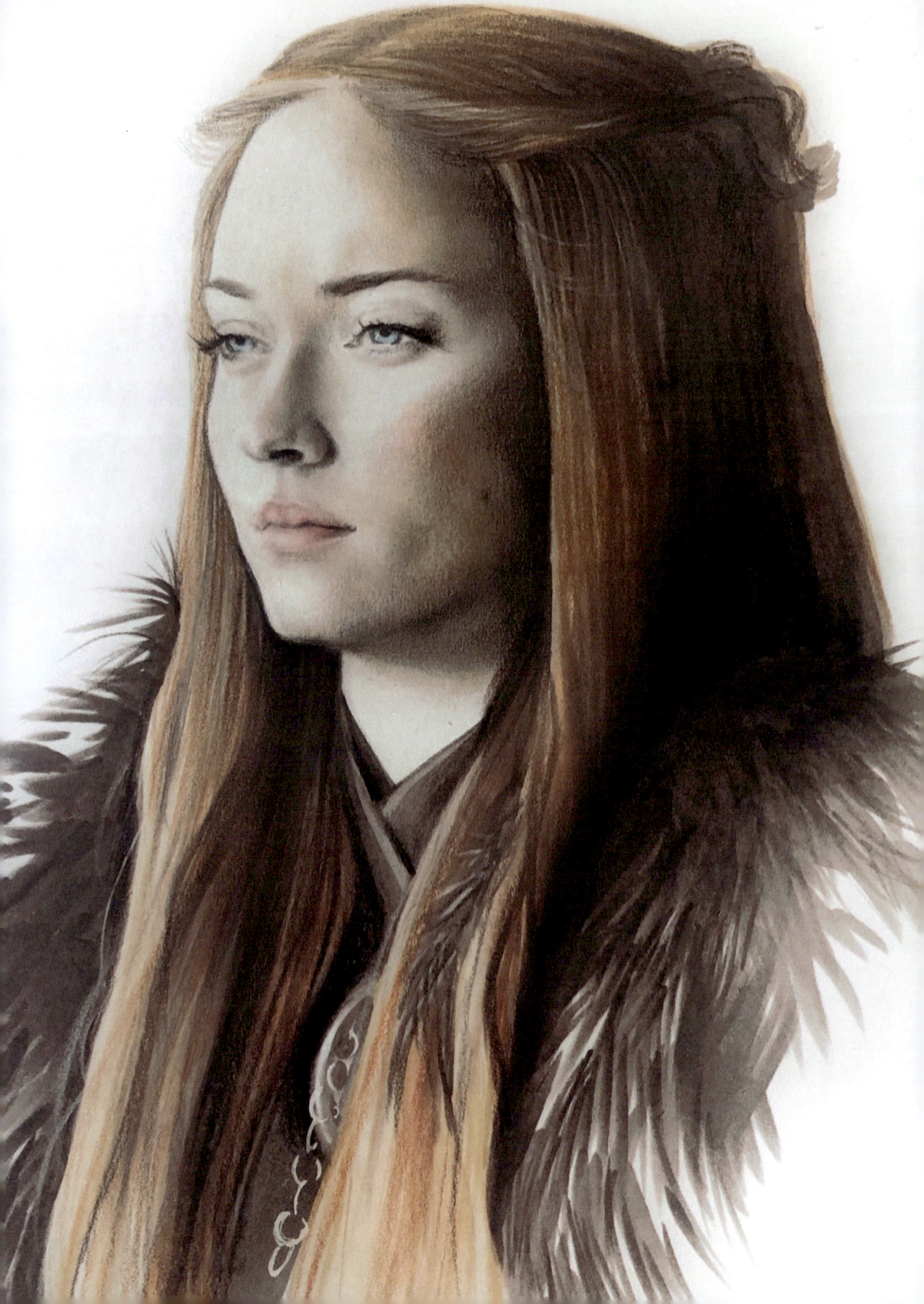

"TENS OF THOUSANDS OF NORTH MEN FELL DURING THE GREAT WAR DEFENDING ALL OF WESTEROS, AND THOSE WHO SURVIVED HAVE SEEN TOO MUCH AND FOUGHT TOO HARD EVER.THE NORTH WILL REMAIN AN INDEPENDENT KINGDOM AS IT WAS FOR THOUSANDS OF YEARS"

"Decenas de miles de norteños cayeron en la Gran Guerra defendiendo todo Poniente. Y quienes sobrevivieron han visto y luchado demasiado para arrodillarse de nuevo.
El Norte seguirá siendo un Reino Independiente como lo ha sido durante milenios"

- Sansa Stark -

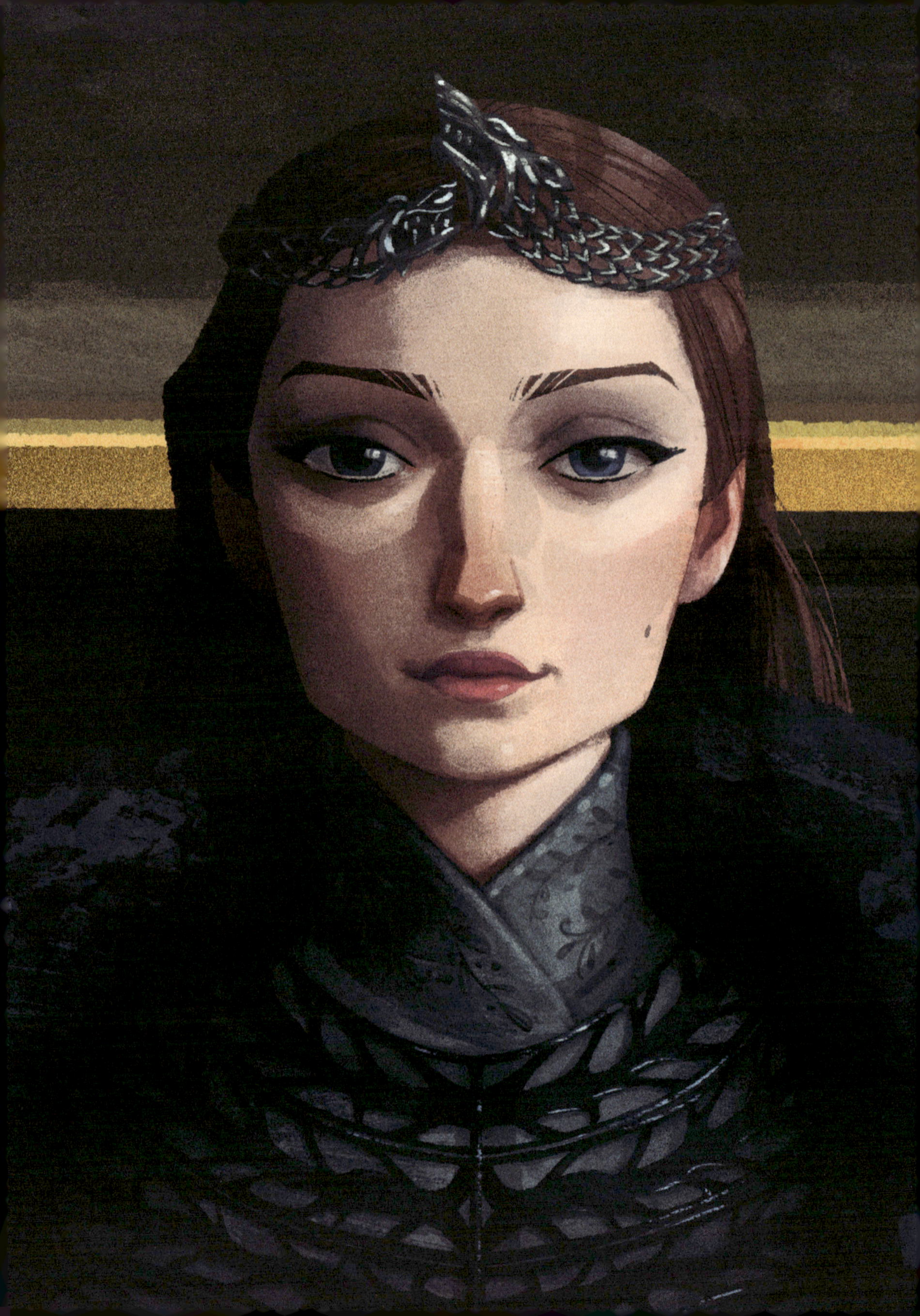

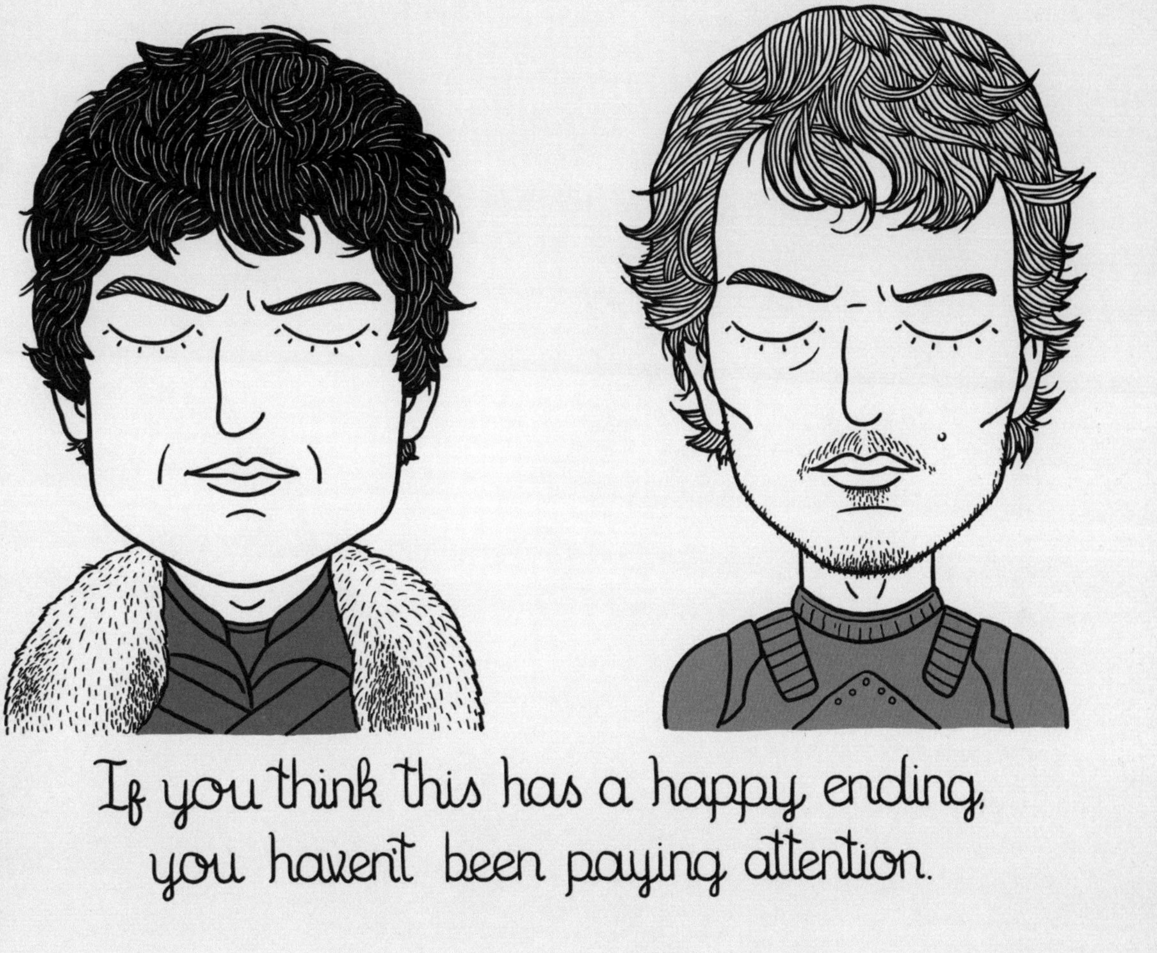

If you think this has a happy ending,
you haven't been paying attention.

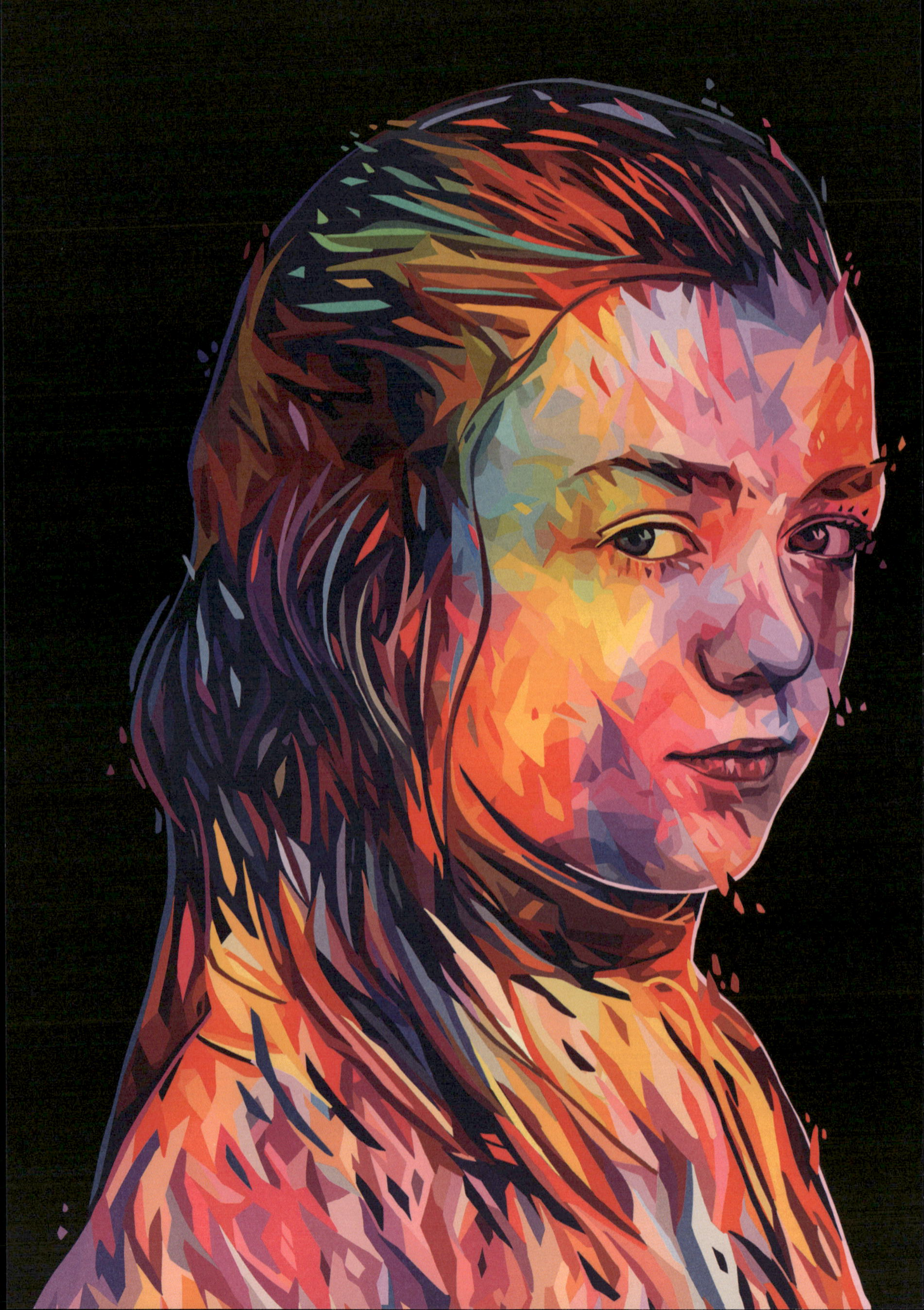

"MY NAME IS ARYA STARK. I WANT YOU TO KNOW THAT. THE LAST THING YOU'RE EVER GOING TO SEE IS A STARK SMILING DOWN AT YOU AS YOU DIE"

"Mi nombre es Arya Stark. Quiero que sepas que lo último que verás es un Stark sonriéndote mientras mueres"

Arya Stark

Arya is independent, resourceful, of strong character, and very skilled with swords. Her most valuable possession is Needle, a thin sword given her by Jon Snow before leaving for King's Landing. After the atrocities she experienced there, including the execution of her own father, Arya decides to embark on a long journey where she will cease to be Arya in order to become "Arry," an orphaned boy from Flea Bottom, and be able to escape to get to Braavos. There she becomes "Cat of the Canals," and learns the secrets of the Faceless Men, becoming "a girl" in order to develop her ability as a skinchanger, all of this in order to advance along her path of revenge and unbeknownst to her, to accomplish a task that will save the world.

Arya es independiente, ingeniosa, con un fuerte carácter, y muy hábil con la espada. Su posesión más valiosa es Aguja, una fina espada que le regaló Jon Nieve, antes de partir a Desembarco del Rey. Tras las atrocidades vividas allí, incluida la ejecución de su propio padre, Arya decide emprender un largo viaje, donde dejará de ser Arya para ser "Arry", un muchacho huérfano de Lecho de Pulgas, y poder escapar para llegar a Braavos. Allí pasa a ser "Gata de los Canales", y aprende los secretos de los Hombres sin Rostro, llegándose a convertir en "una chica" para poder desarrollar su habilidad como cambiapieles, todo esto para avanzar en su camino de la venganza, y sin ser consciente, llegar a cumplir un cometido que salvará al mundo.

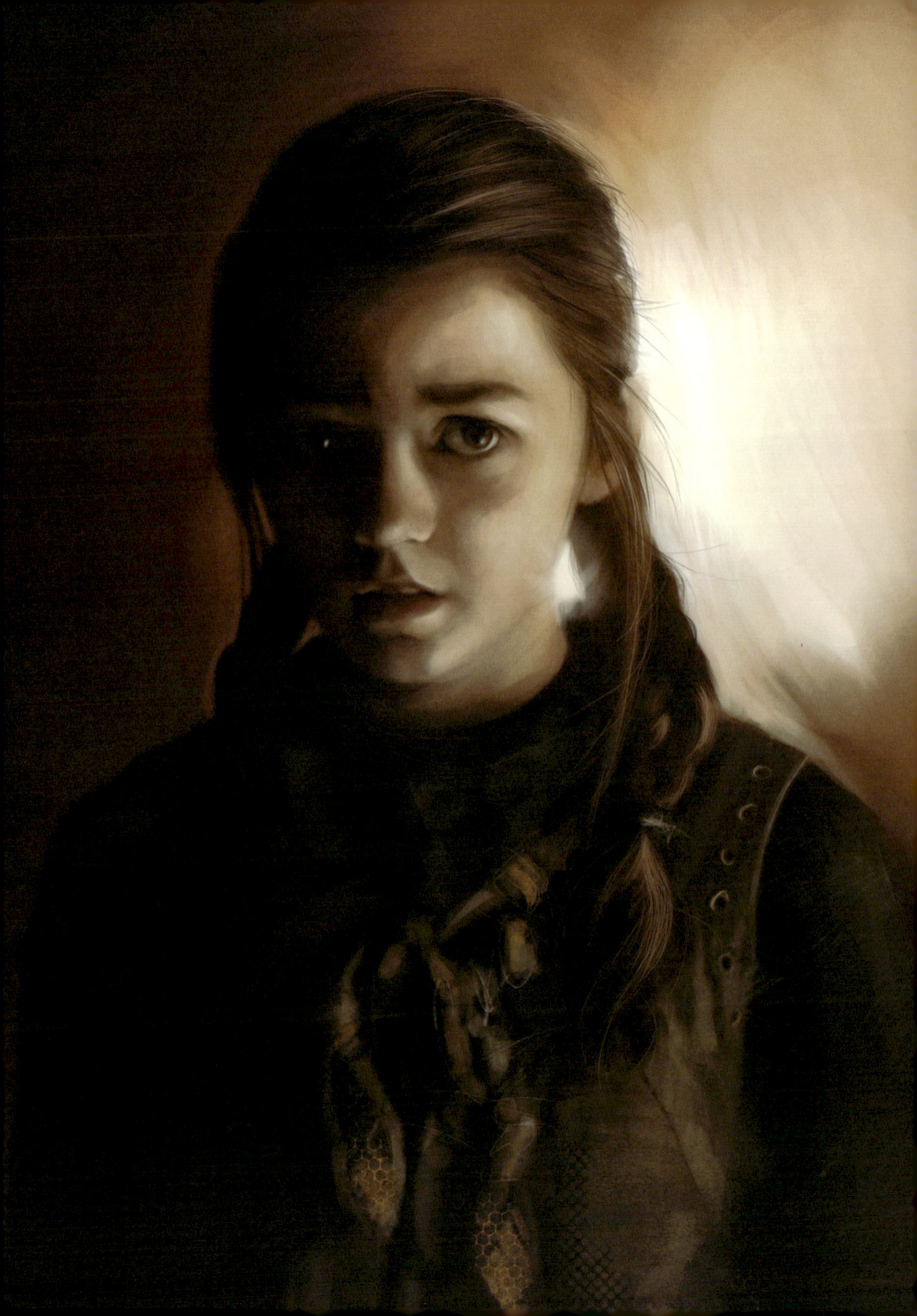

“THERE IS ONLY ONE GOD AND HIS NAME IS DEATH, AND THERE IS ONLY ONE THING WE SAY TO DEATH, NOT TODAY”

“Sólo existe un Dios y se llama muerte.
Y sólo hay una cosa que decirle a la muerte,
HOY NO”

- Syrio Forel -

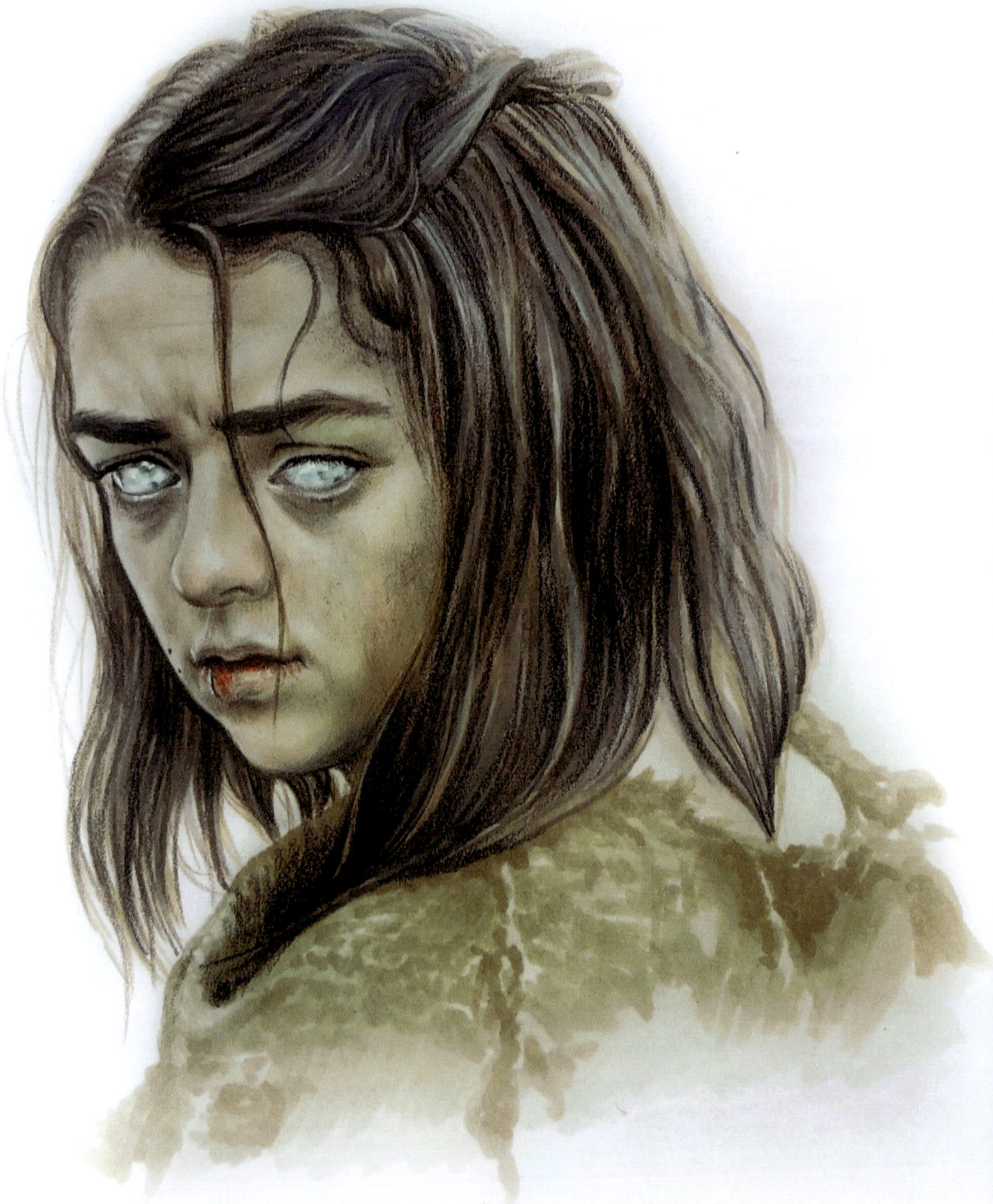

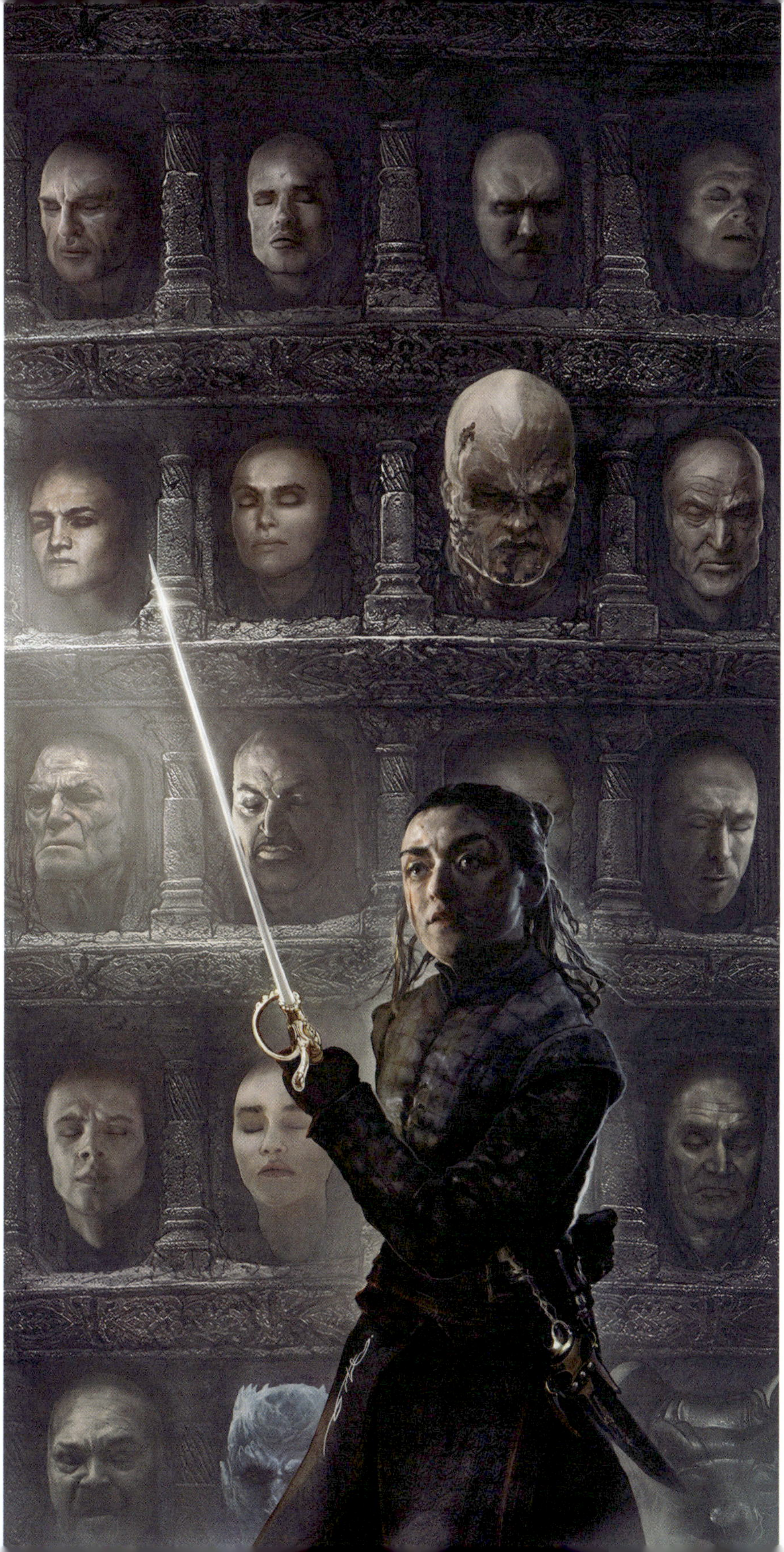

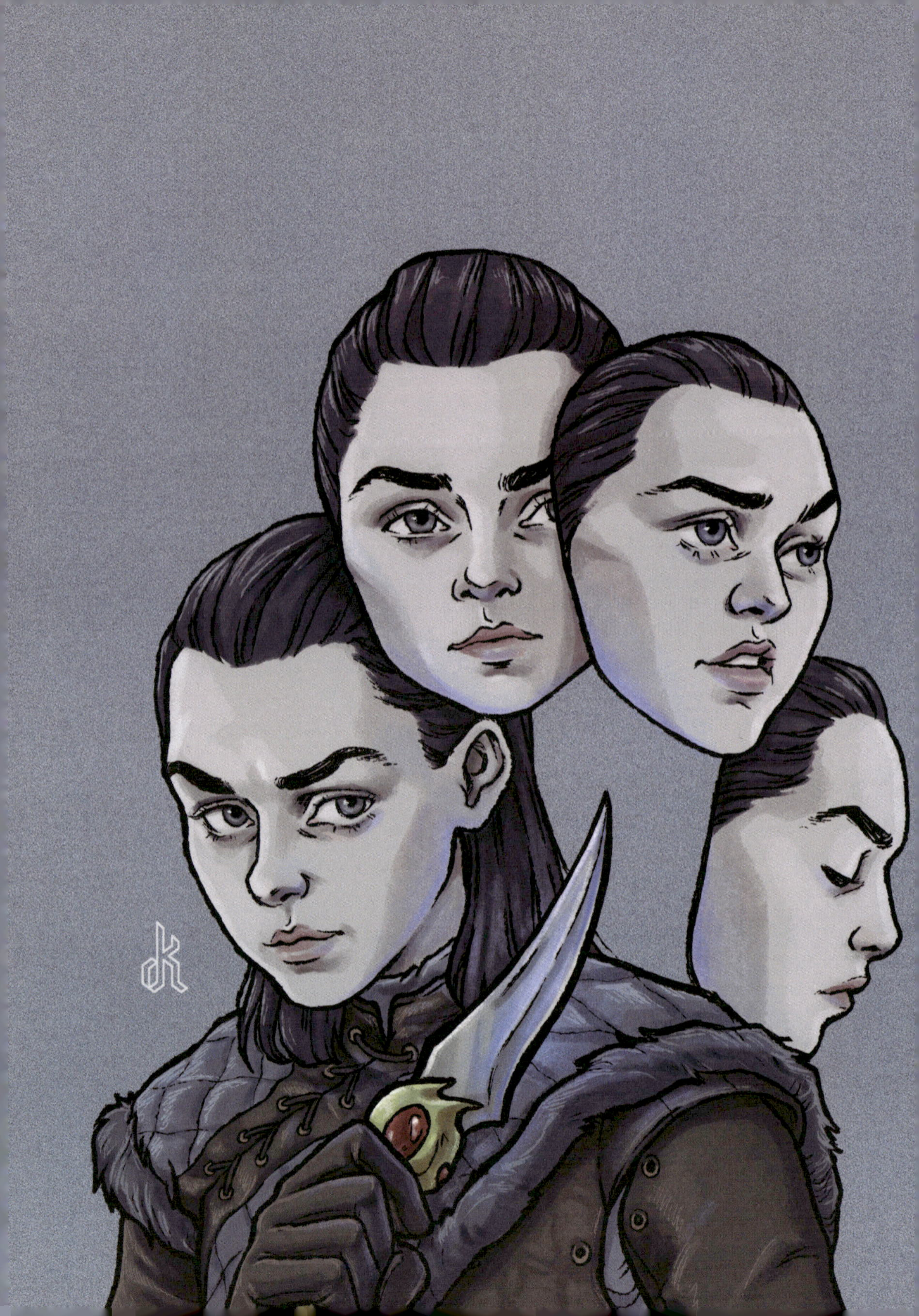

“A GIRL IS ARYA STARK OF WINTERFELL, AND I’M GOING HOME”

“Una chica es Arya Stark de Invernalia, y vuelvo a mi casa”

- Arya Stark -

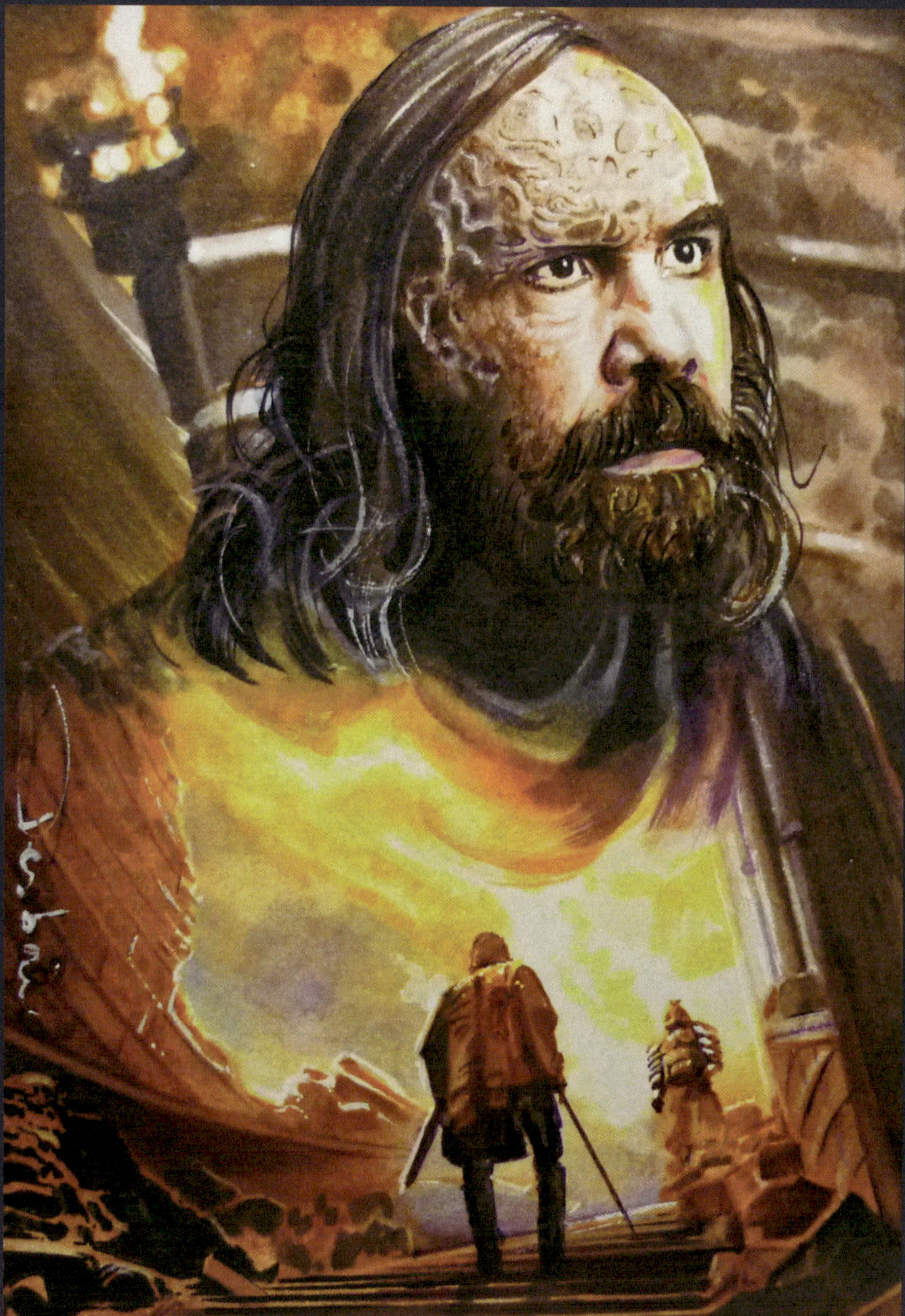

“HATE IS GOOD AS ANY TO KEEP A PERSON GOING”

“El odio es bueno si nos hace seguir adelante”

- Sandor Clegane -

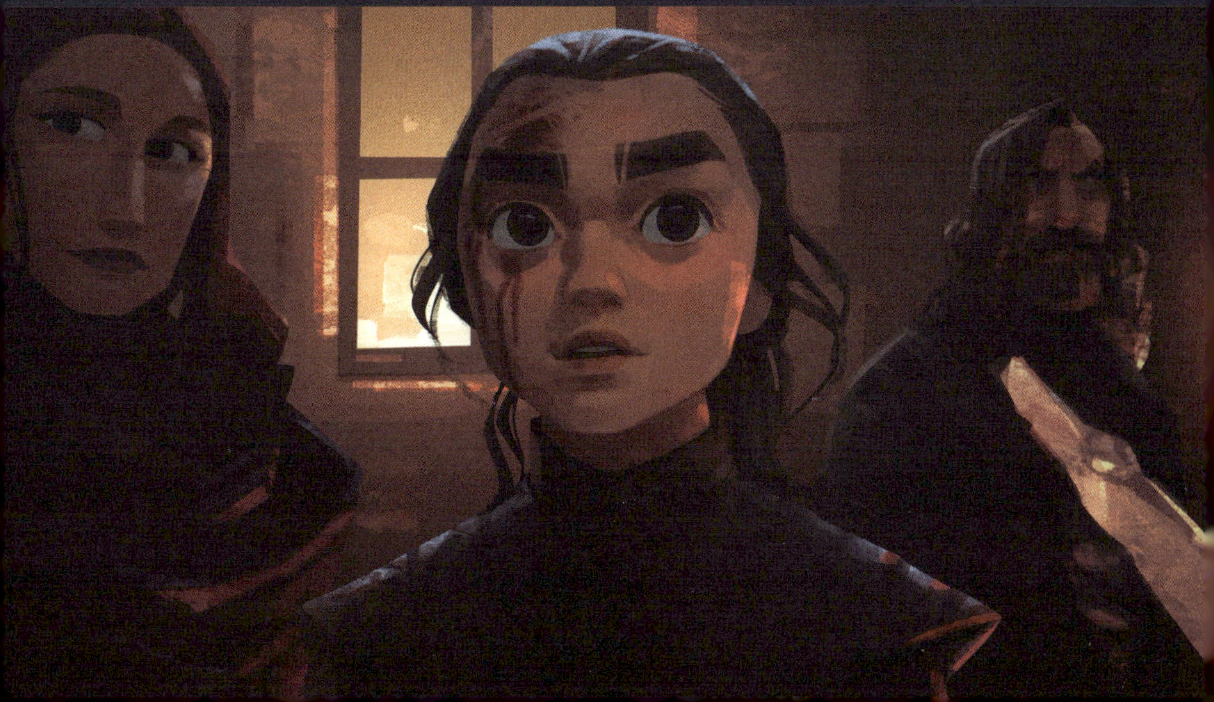

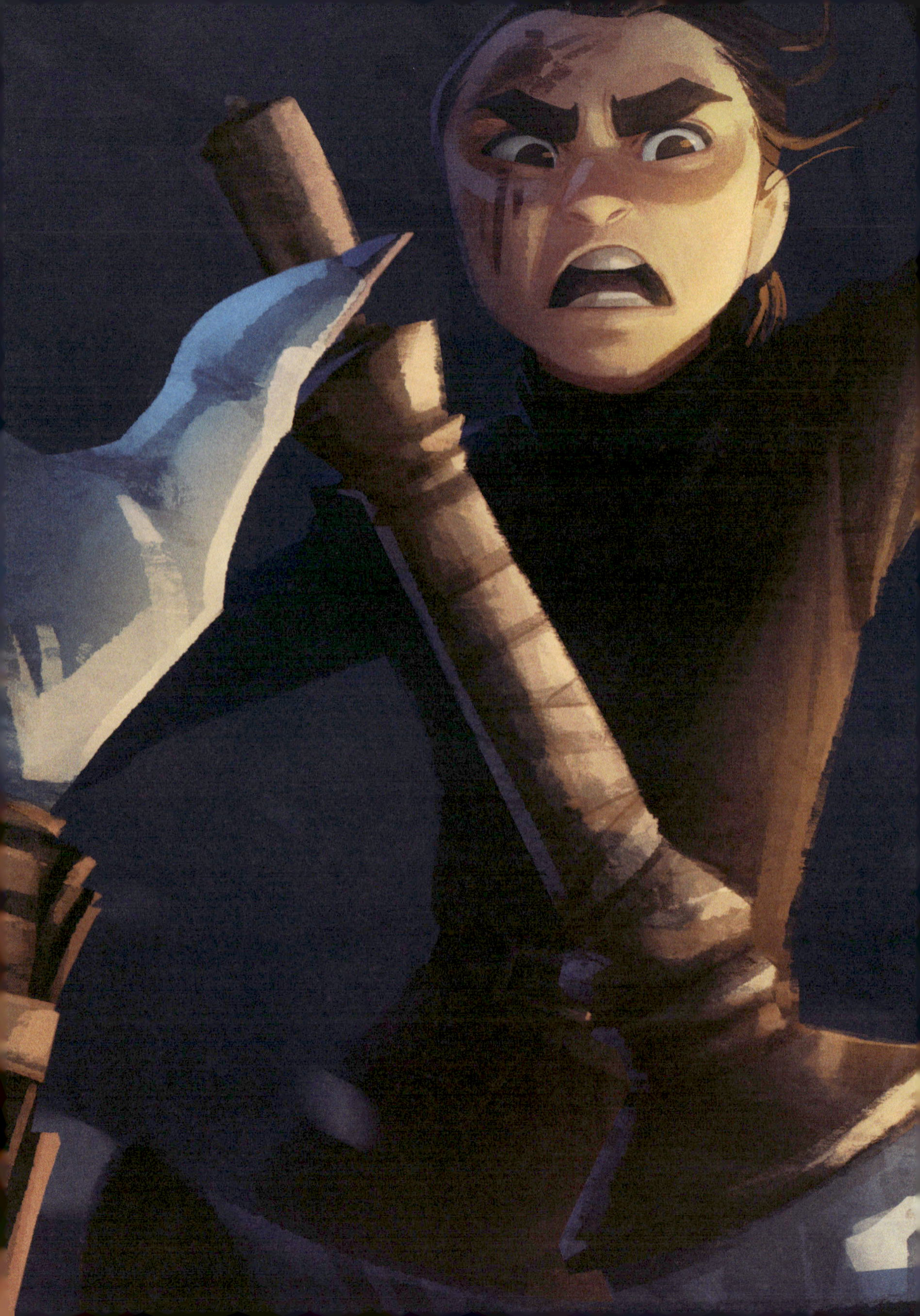

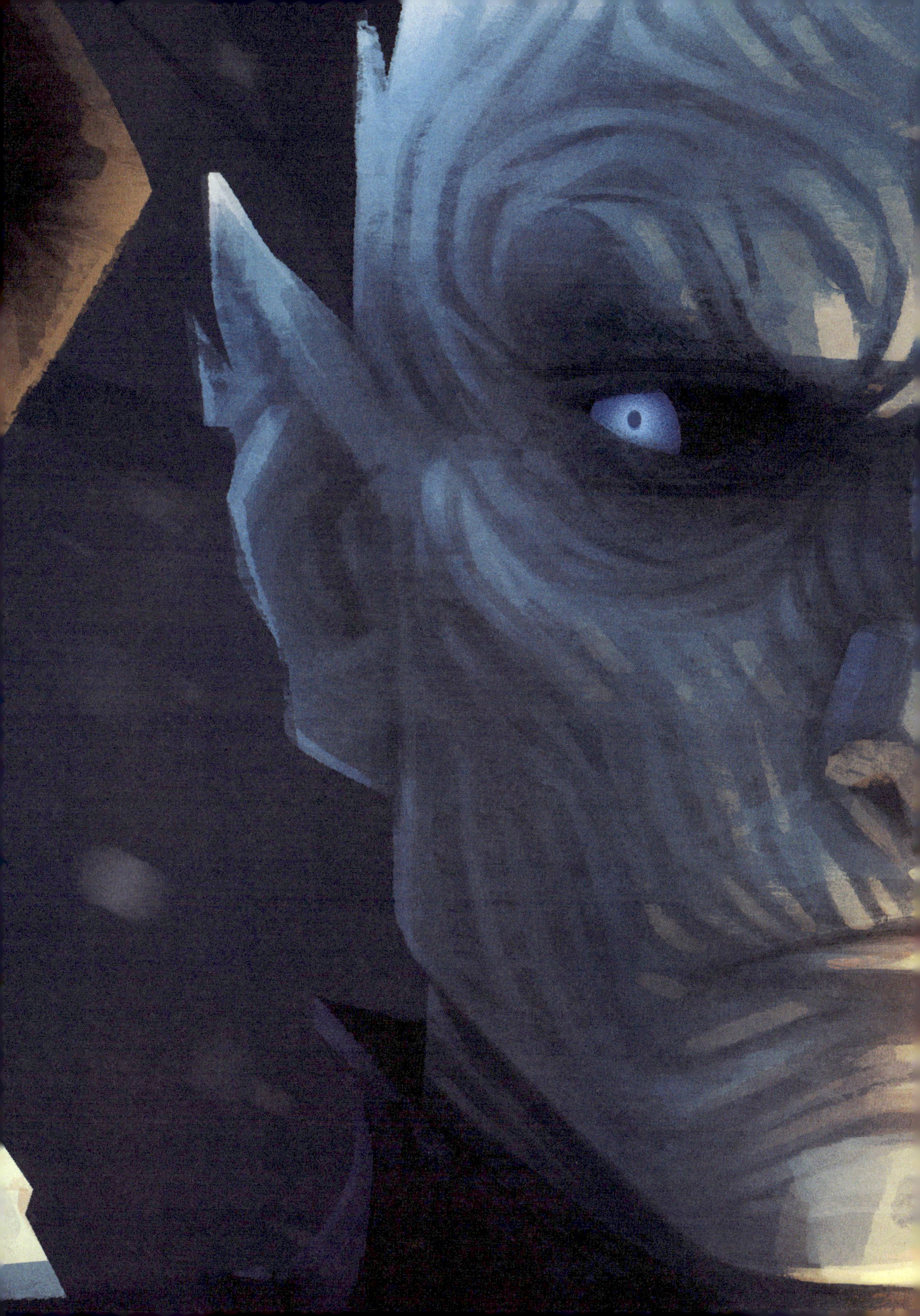

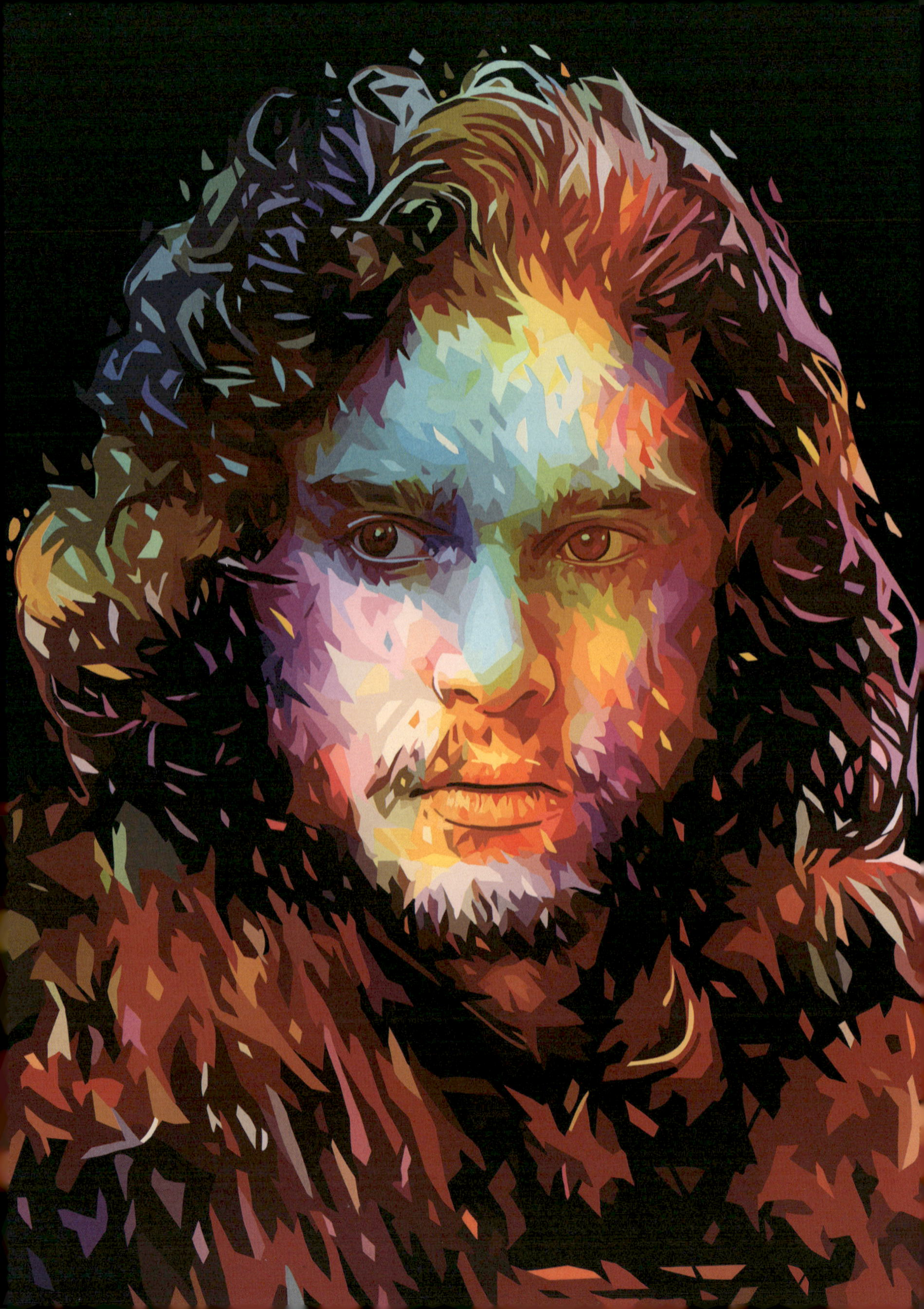

“I DID WHAT I THOUGHT WAS RIGHT. AND I GOT MURDERED FOR IT”

“Hice lo que creí que era correcto y me asesinaron por eso”

Jon Snow

Jon is characterized by his nobility and his melancholy and reserved disposition. When making a decision he never takes his personal interests into account, but rather he always tries to do the right thing. Ghost is his albino direwolf puppy who will accompany and protect him on many occasions. Demonstrating his honor and always thinking of the common good before his own, he becomes Lord Commander of the Night's Watch, leader among savages, acclaimed king in the North, and charged with the great mission of reconciling with all the great houses of Westeros, to form the most powerful army ever seen, headed by Queen Daenerys Targaryen and her dragons, and thus all together to fight against the White Walkers.

Jon se caracteriza por su nobleza, y su talante melancólico y reservado. A la hora de tomar una decisión nunca tiene en cuenta sus intereses personales, sino que trata siempre de hacer lo correcto. Fantasma es su cachorro de lobo huargo albino que le acompañará y protegerá en muchas ocasiones. Demostrando su honor y pensando siempre en el bien común antes que en el propio, llega a ser Lord Comandante de la Guardia de la Noche, líder entre los salvajes, aclamado Rey en el Norte, y encargado de la gran misión de conciliar con todas las grandes casas de Poniente, para formar el más poderoso ejército nunca antes visto, encabezado por la Reina Daenerys Targaryen y sus dragones, y así todos juntos luchar contra los Caminantes Blancos.

"YOU KNOW NOTHING, JON SNOW"

"No sabes nada, Jon Nieve"

- Ygritte -

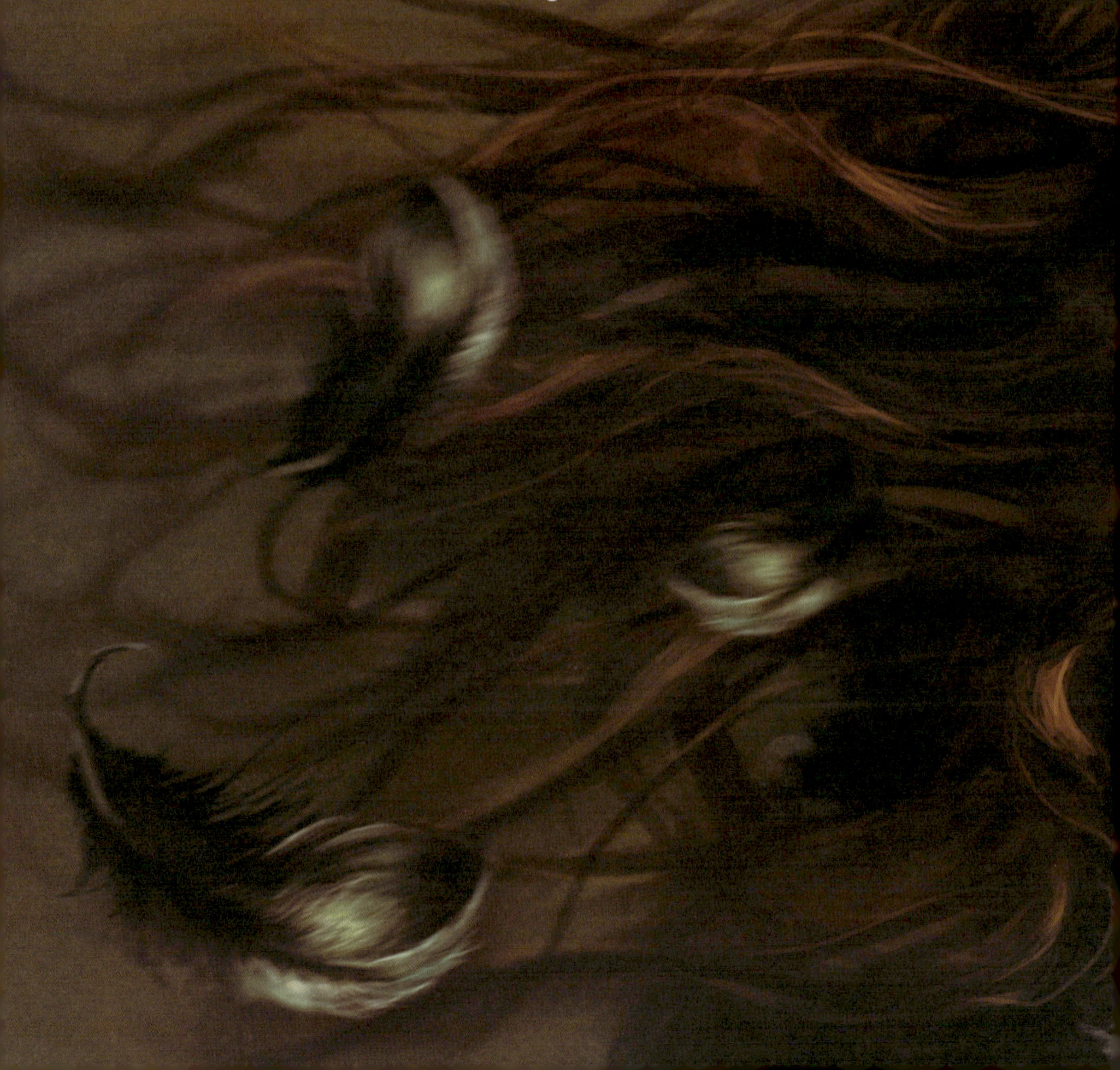

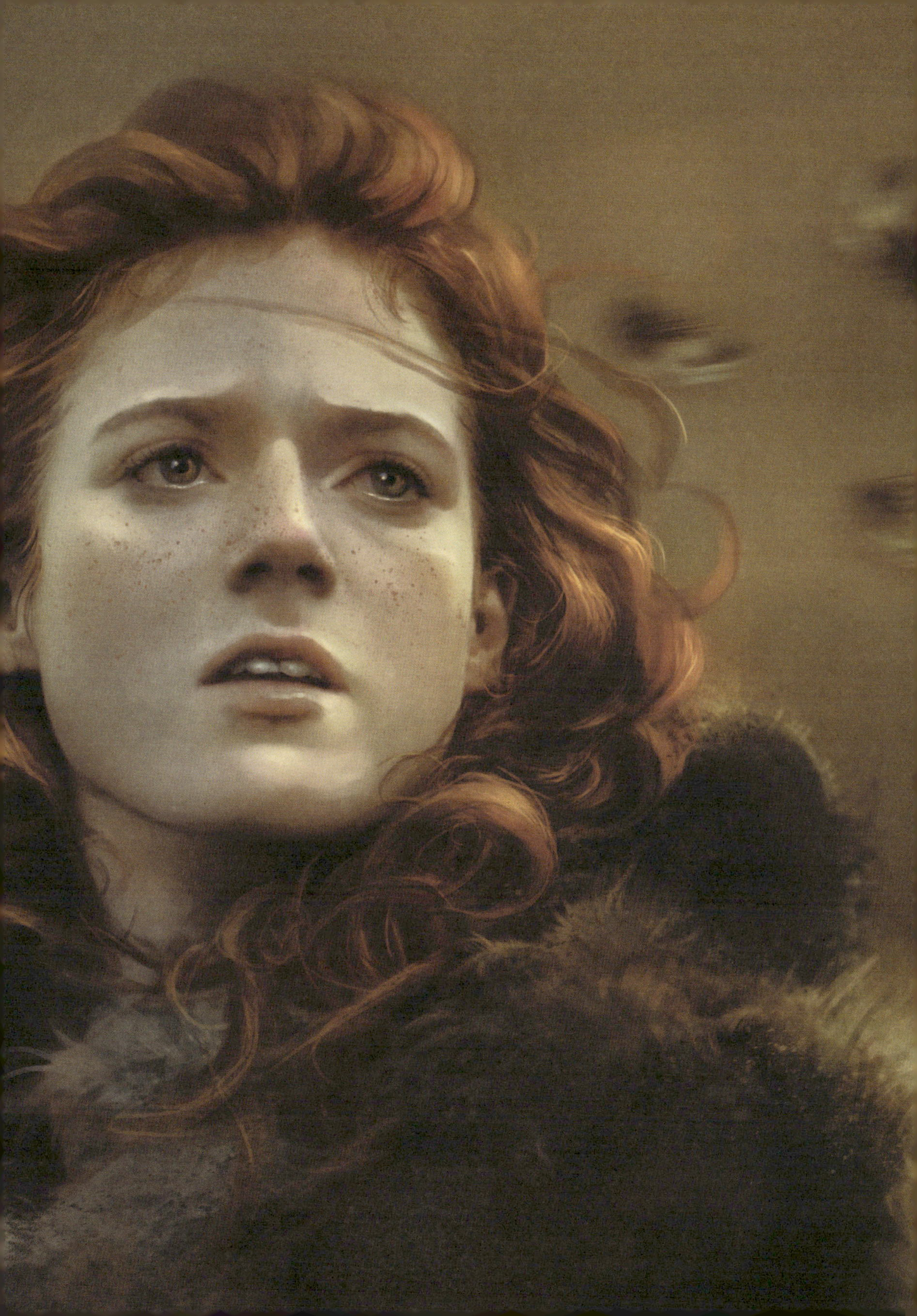

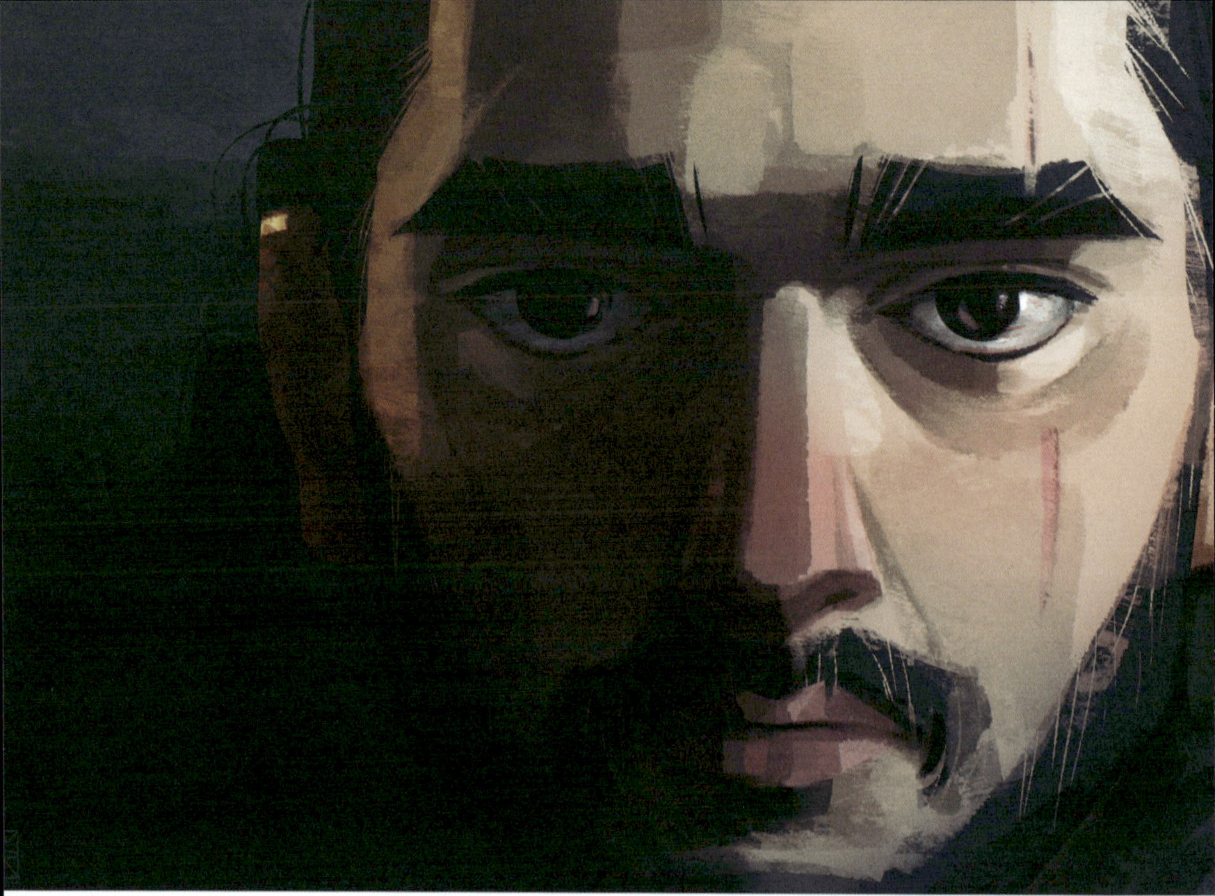

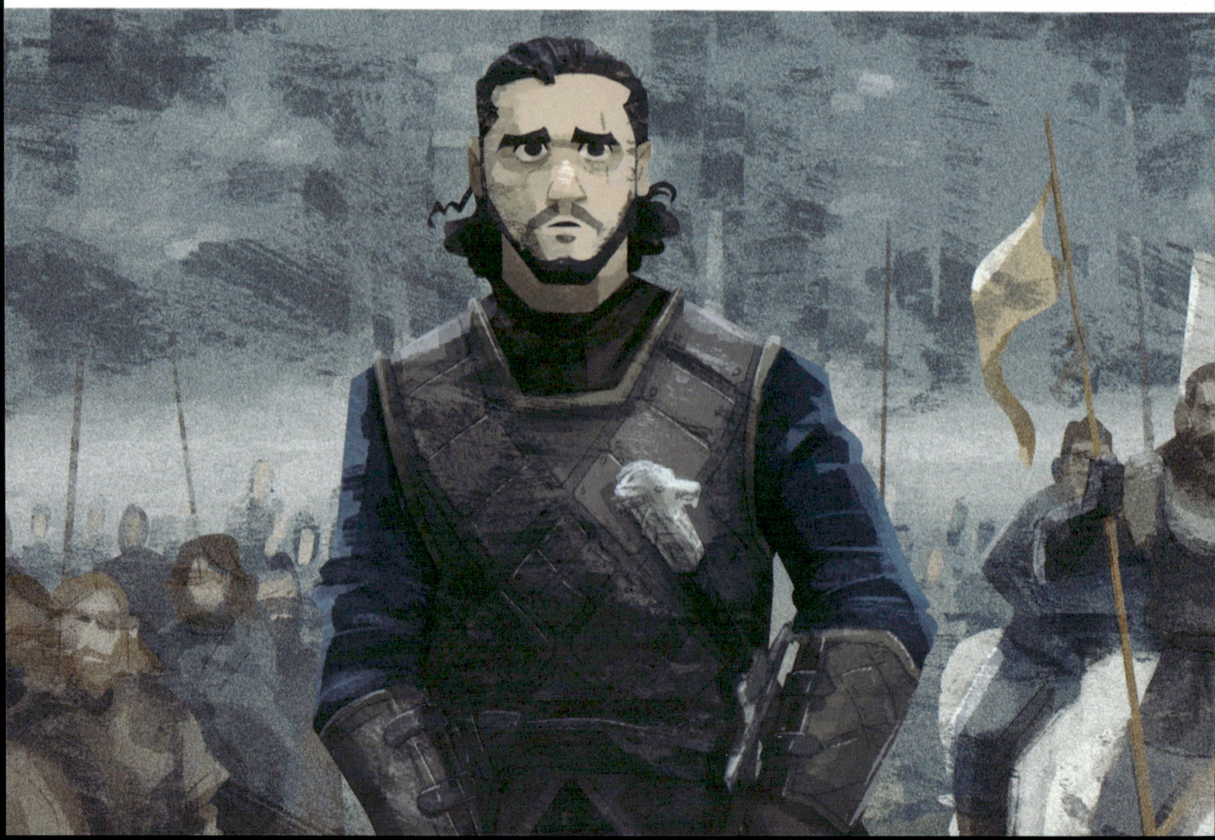

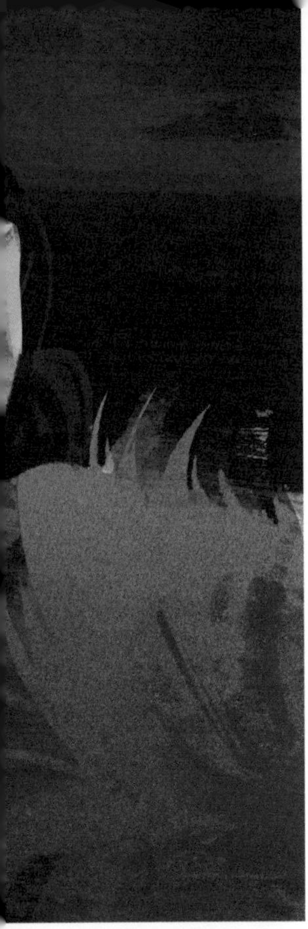

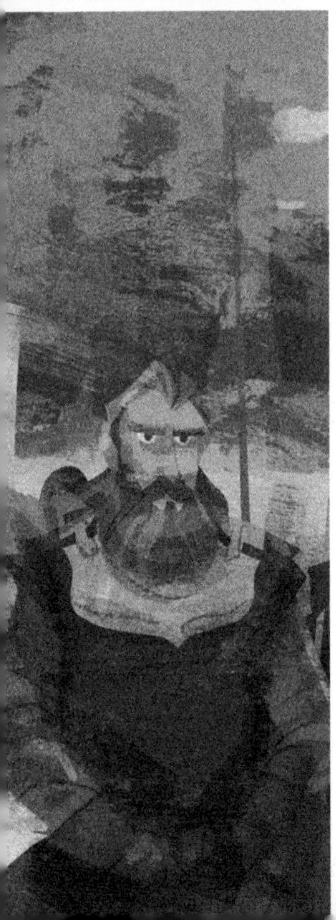

"THE LONG NIGHT IS COMING AND THE DEAD COME WITH IT"

"La larga noche se acerca, y los muertos vienen con ella"

- Jon Snow -

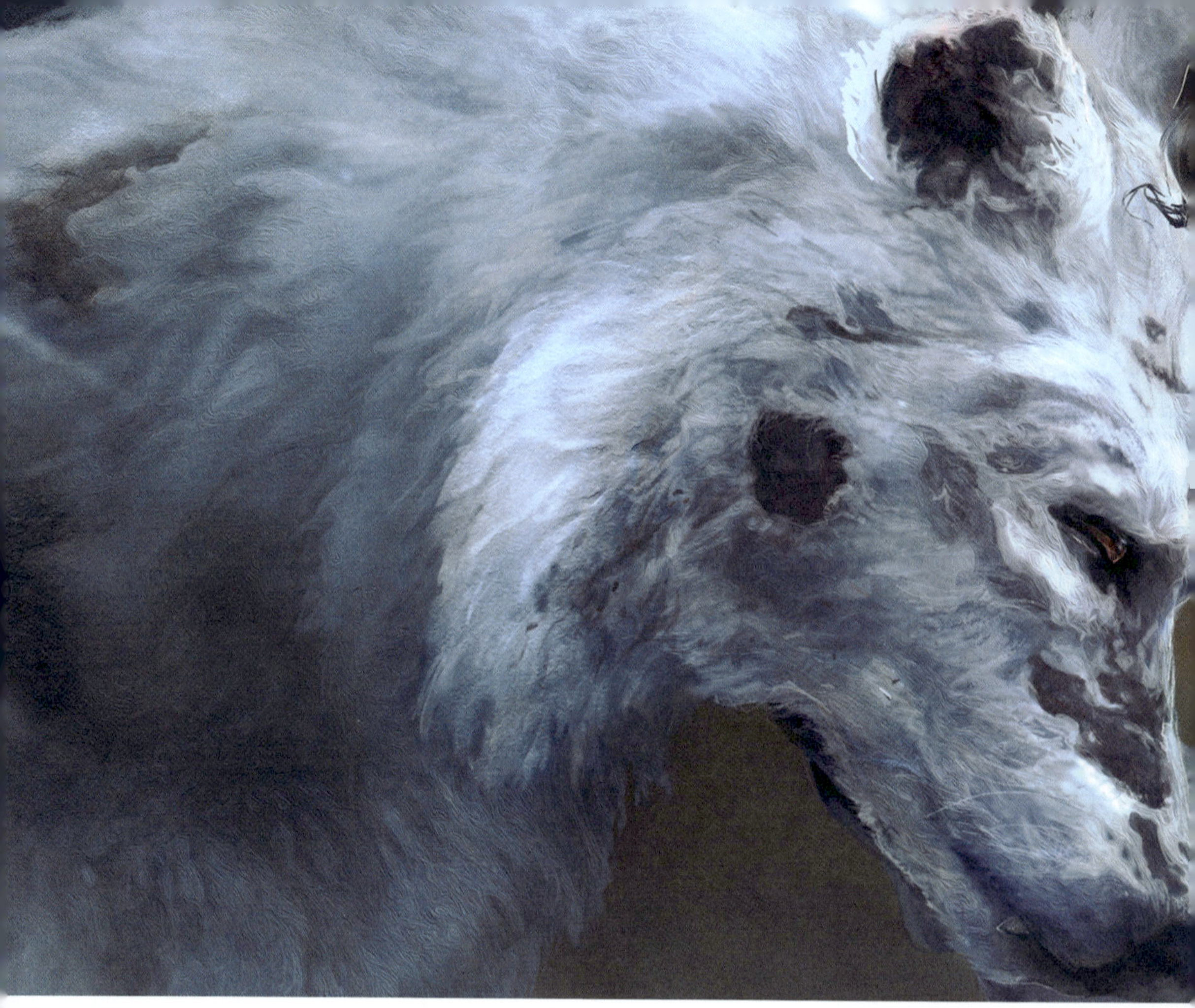
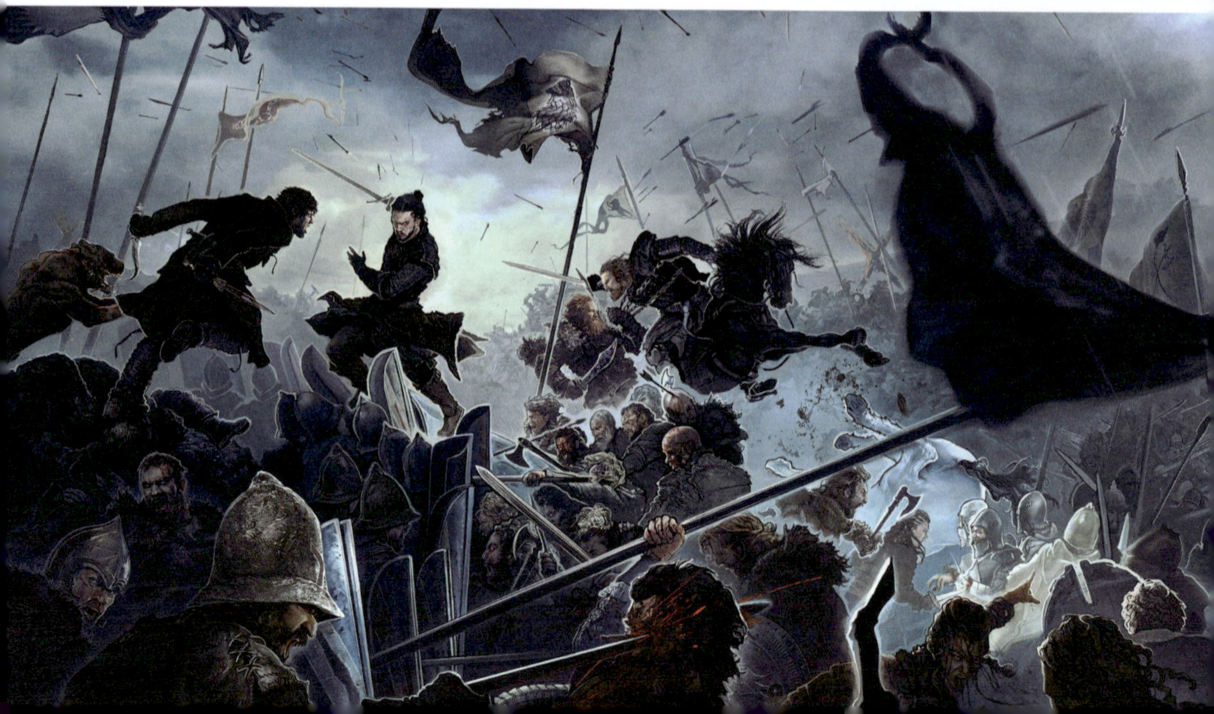

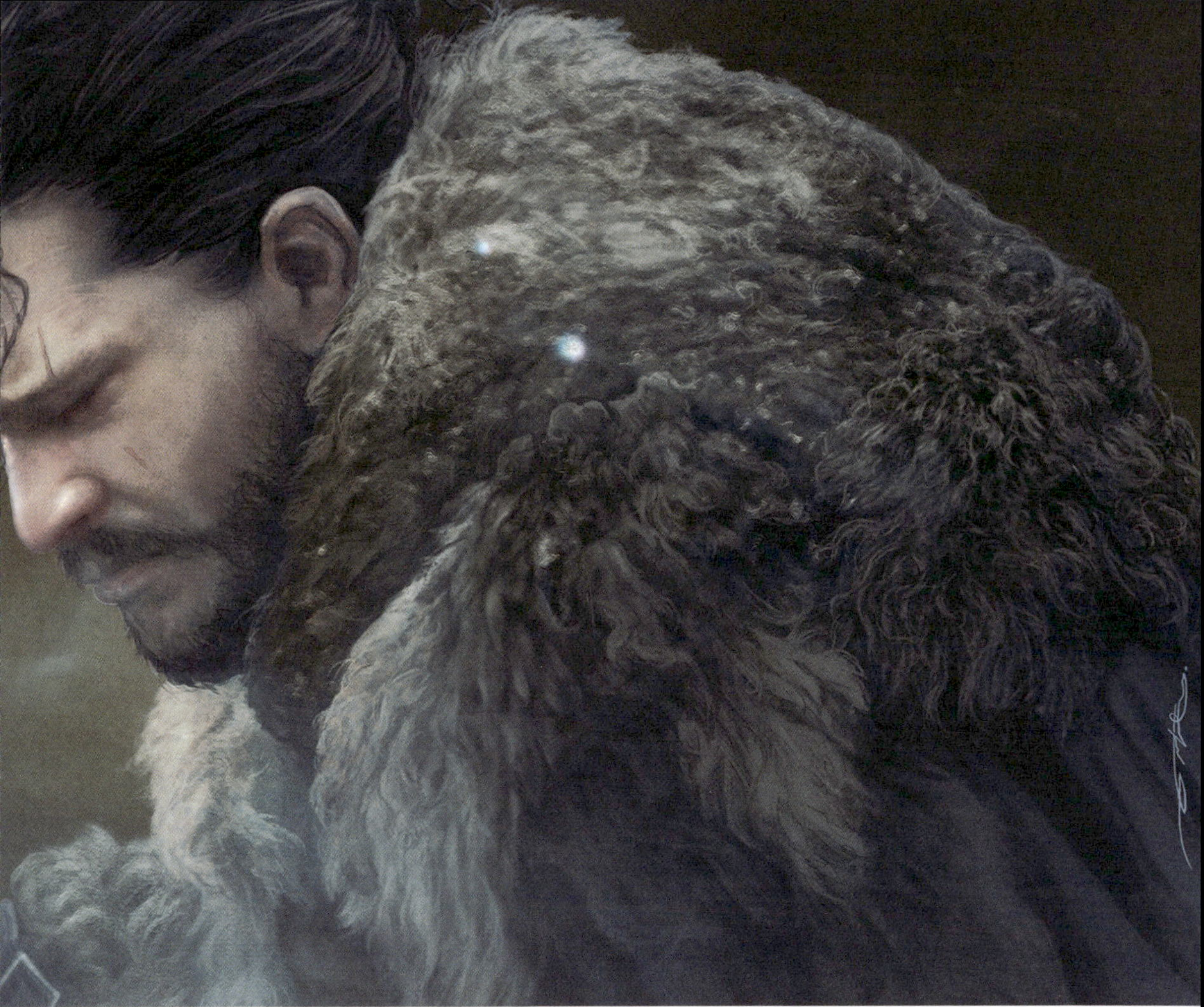

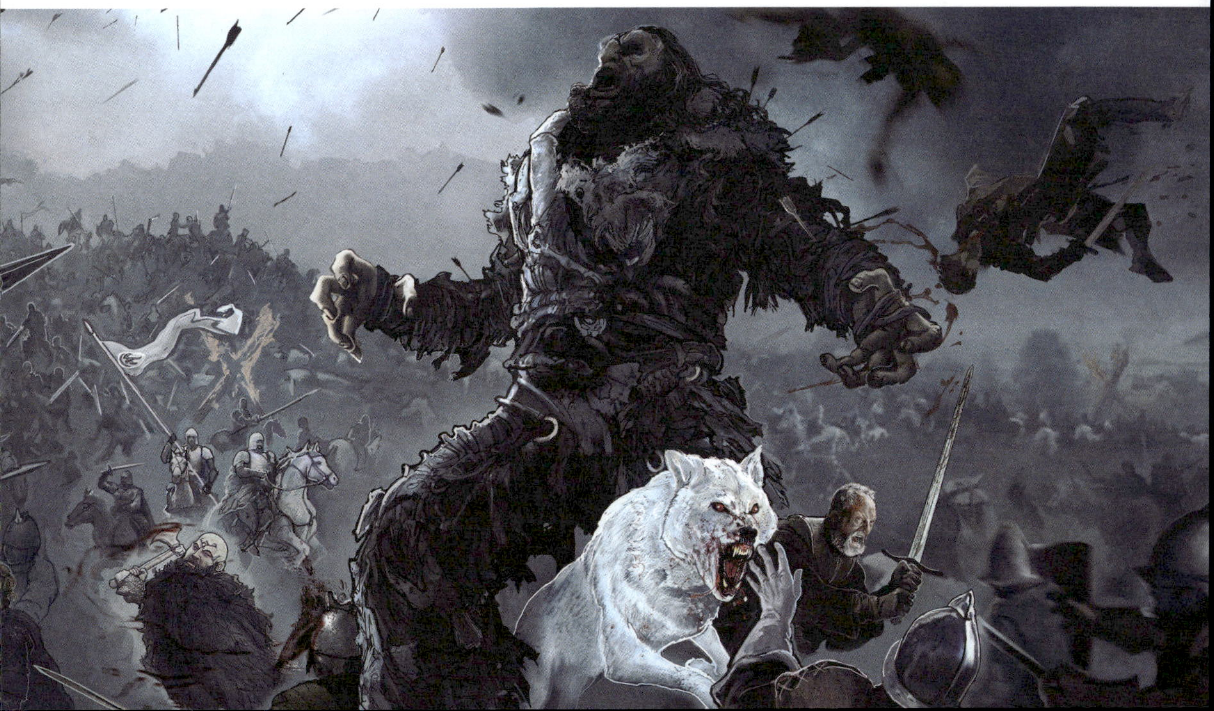

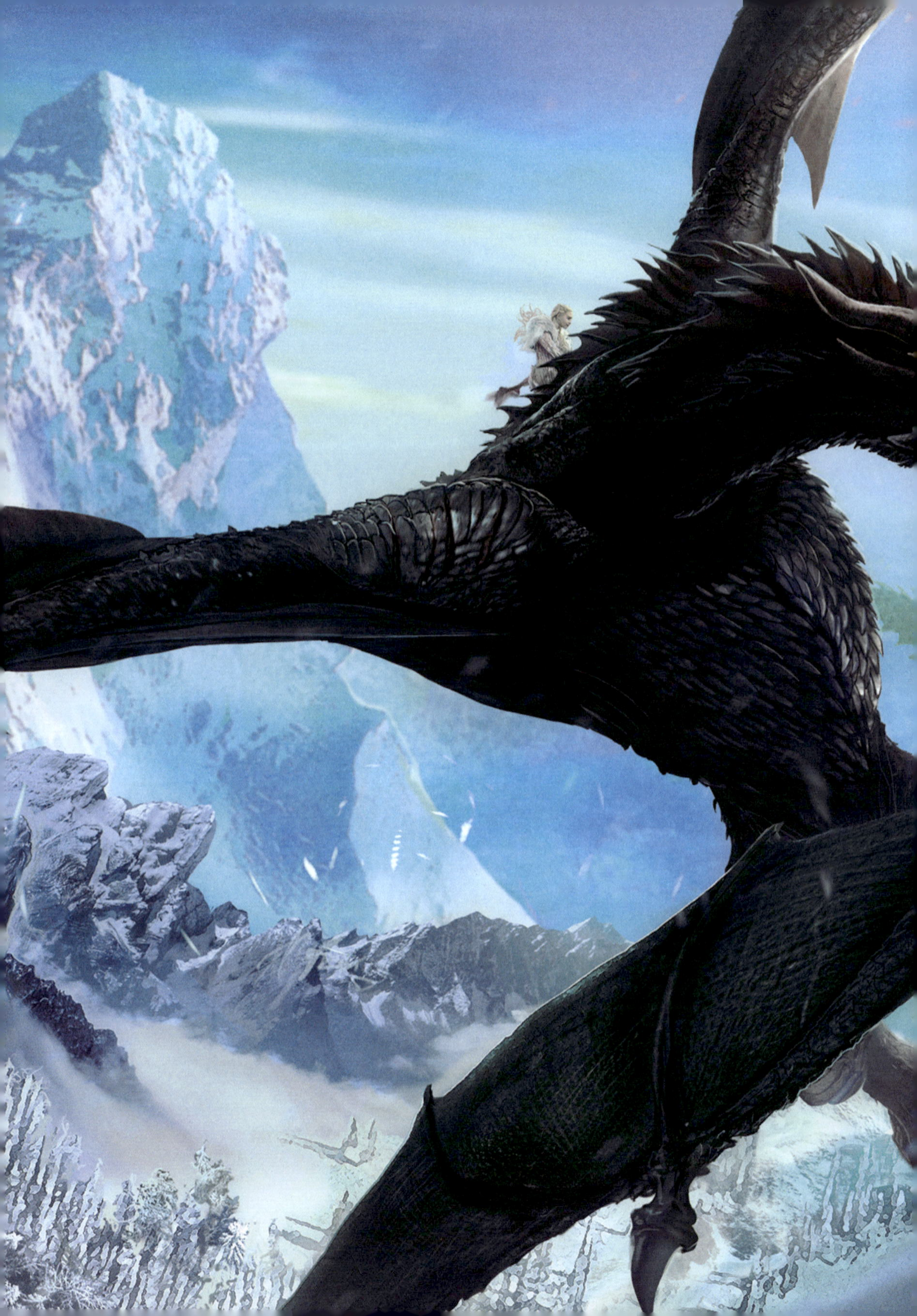

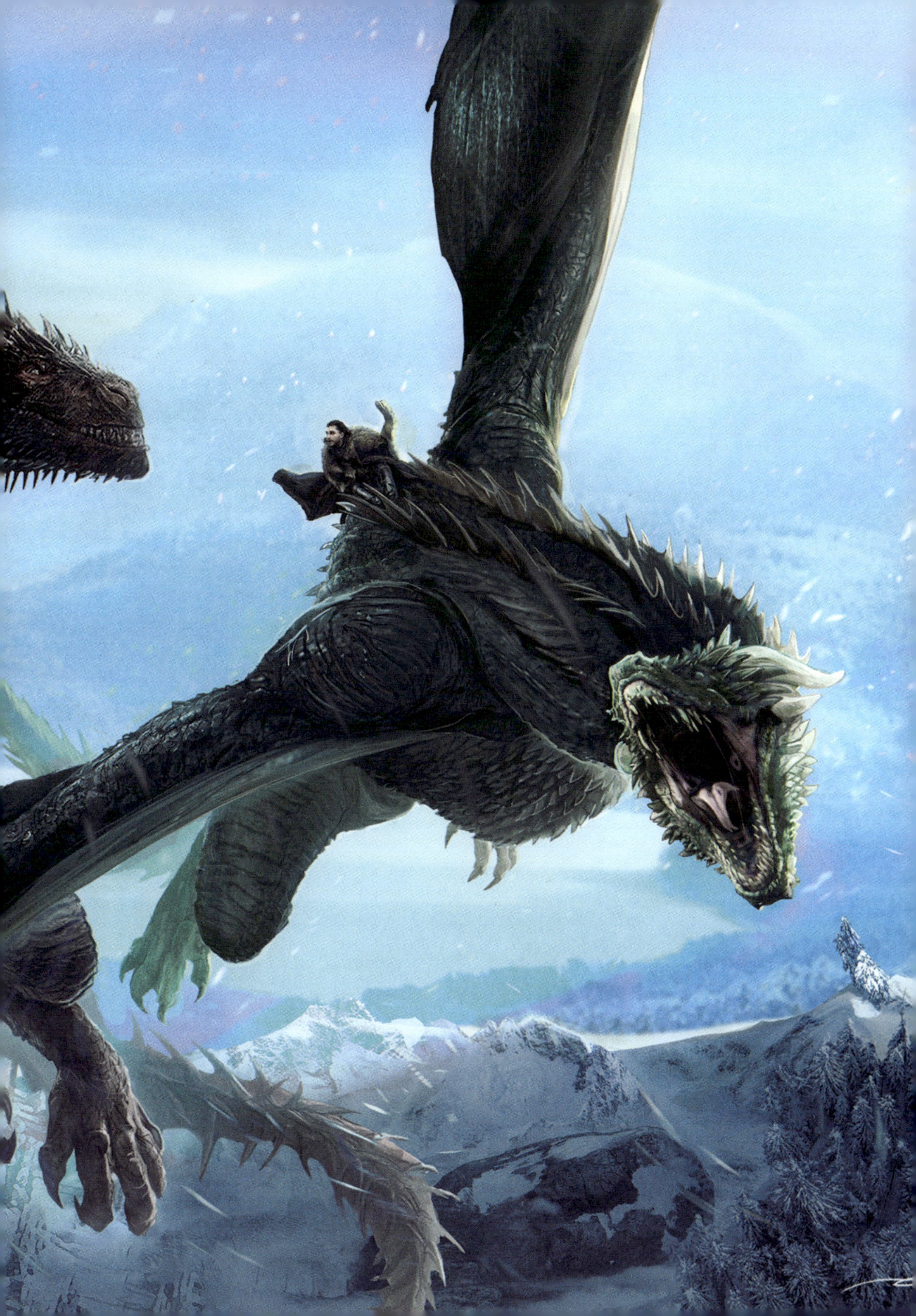

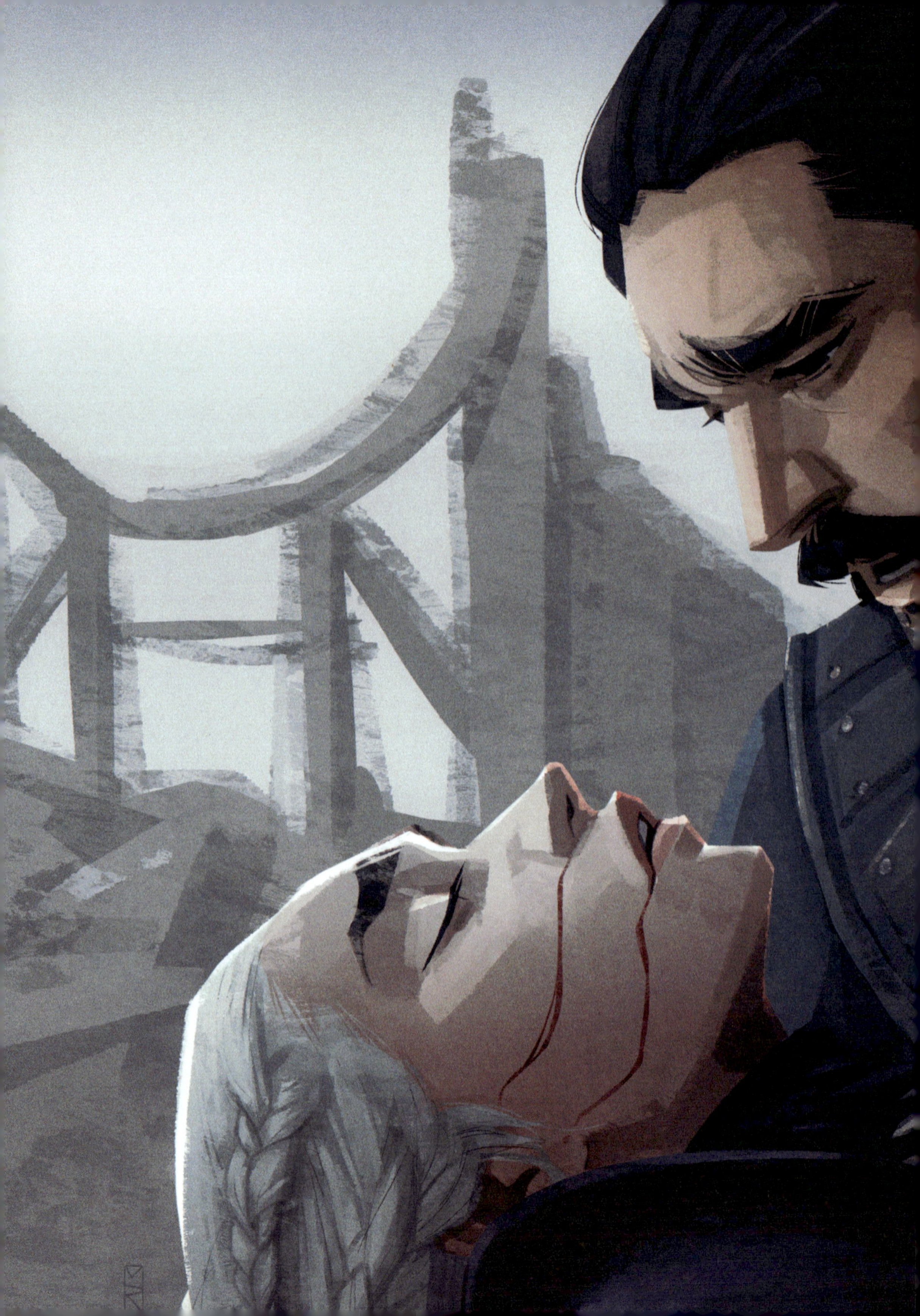

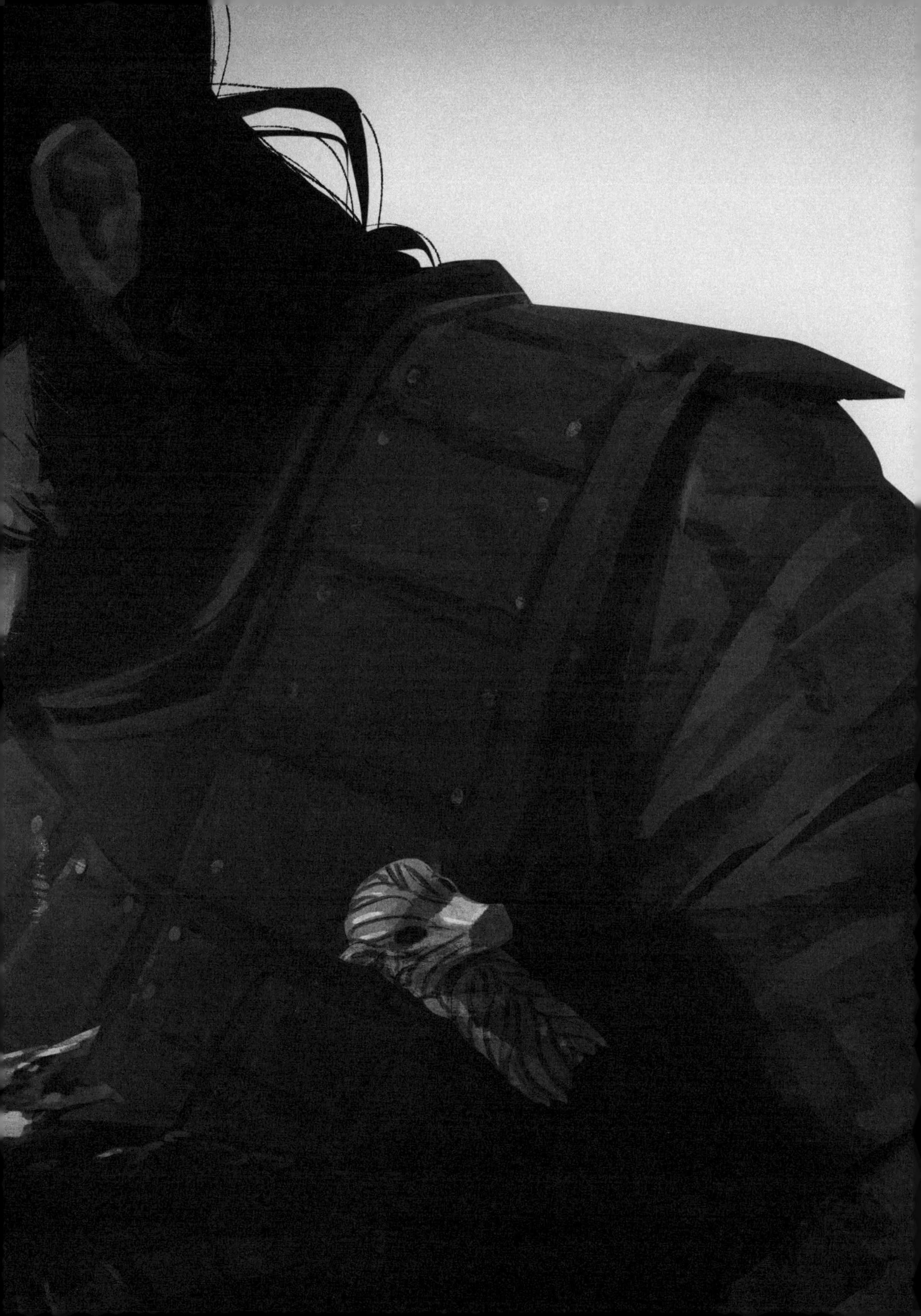

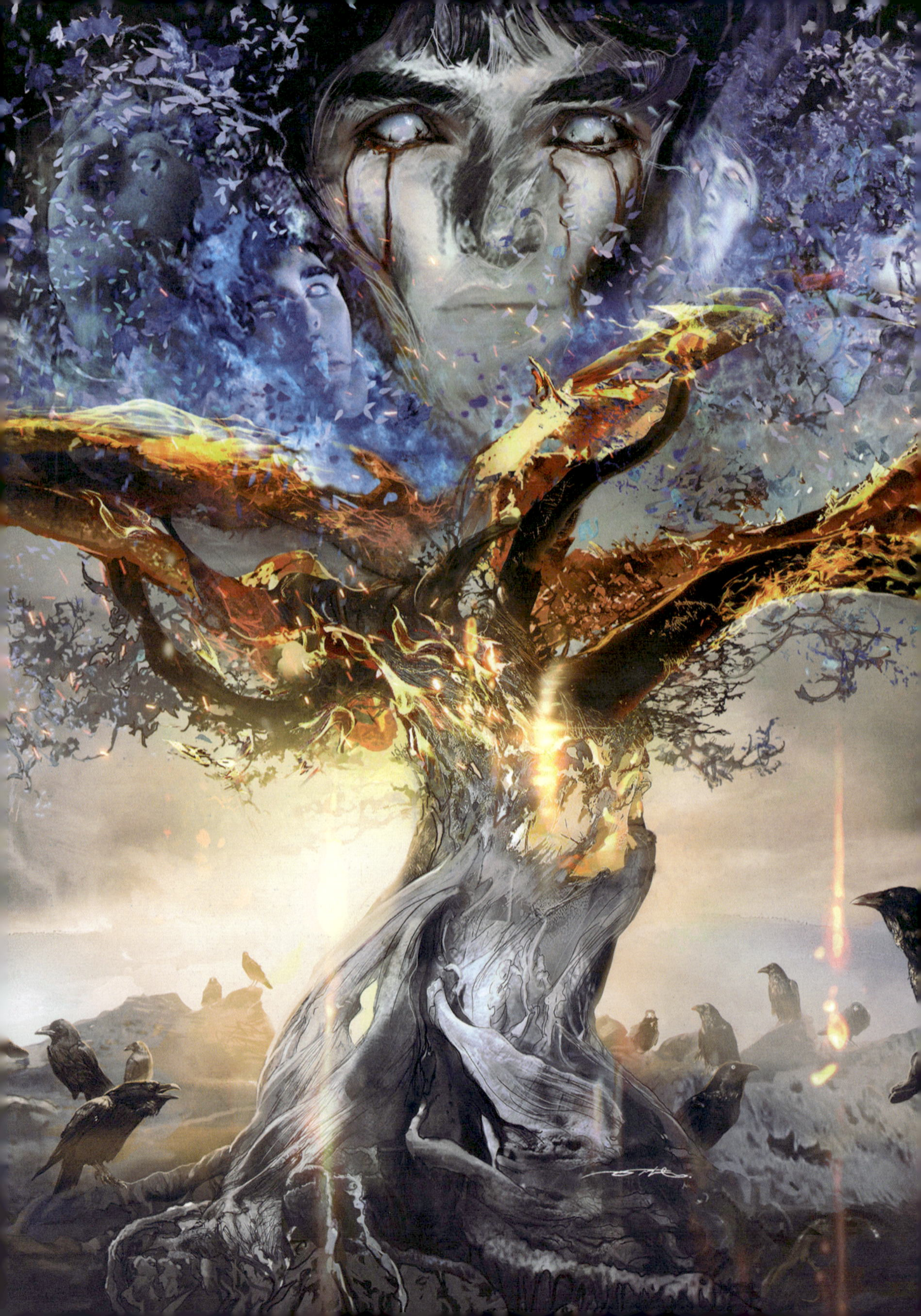

"IT'S TIME FOR YOU TO BECOME ME"

"Ha llegado el momento de que te conviertas en mí"

- Three-eyed Raven -

Bran Stark

Bran is the second son and heir of Lord Ned Stark and Lady Catelyn Tully. He is a curious and skillful young man, until one day after discovering the incestuous relationship between the Lannister siblings, Jaime throws him from the top of a tower, lingering thereafter in a coma. Since then he is nicknamed Bran the Broken. During his first few months of recovery, he begins to experience different visions and scenes that help him discover who he really is. Bran develops the ability to skinchange, being able to enter into the body of Summer (his wolf) and Hodor (his faithful squire). At that moment he decides that he must go beyond the wall and find the Three-Eyed Raven. For that long trip he will have the help of Meera and Jojen Reed who will protect him.
In the company of the Three-Eyed Raven, he perfects his skills and discovers something crucial about Jon Snow. He also observes how the Night King moves westward.
From that moment on, Bran is transformed into a crucial piece for the outcome of the Great War that will result when winter arrives.

Bran es el segundo hijo y heredero de Lord Ned Stark y Lady Catelyn Tully. Es un joven curioso y habilidoso, hasta que un día tras descubrir el incesto entre los hermanos Lanister, es arrojado por Jaime desde lo alto de una torre, quedando en coma. Desde entonces es apodado Bran el Tullido.
Durante los primeros meses de recuperación, empieza a experimentar diferentes visiones y escenas que le ayudan a descubrir quién es él en realidad. Bran desarrolla la habilidad de Cambiapieles, pudiendo entrar en el cuerpo de Verano (su lobo) y Hodor (su fiel escudero). En ese momento decide que debe ir más allá del muro y encontrar al cuervo de tres ojos. Para ese largo viaje contará con la ayuda de Meera y Jojen Reed que le protegerán.
En compañía del Cuervo de Tres Ojos, perfecciona sus habilidades y descubre algo crucial de Jon Nieve. También observa cómo el Rey de la Noche avanza hacia poniente.
A partir de ese momento, Bran se transforma en una pieza crucial para el desenlace de la gran Batalla que se dará lugar cuando llegue el invierno.

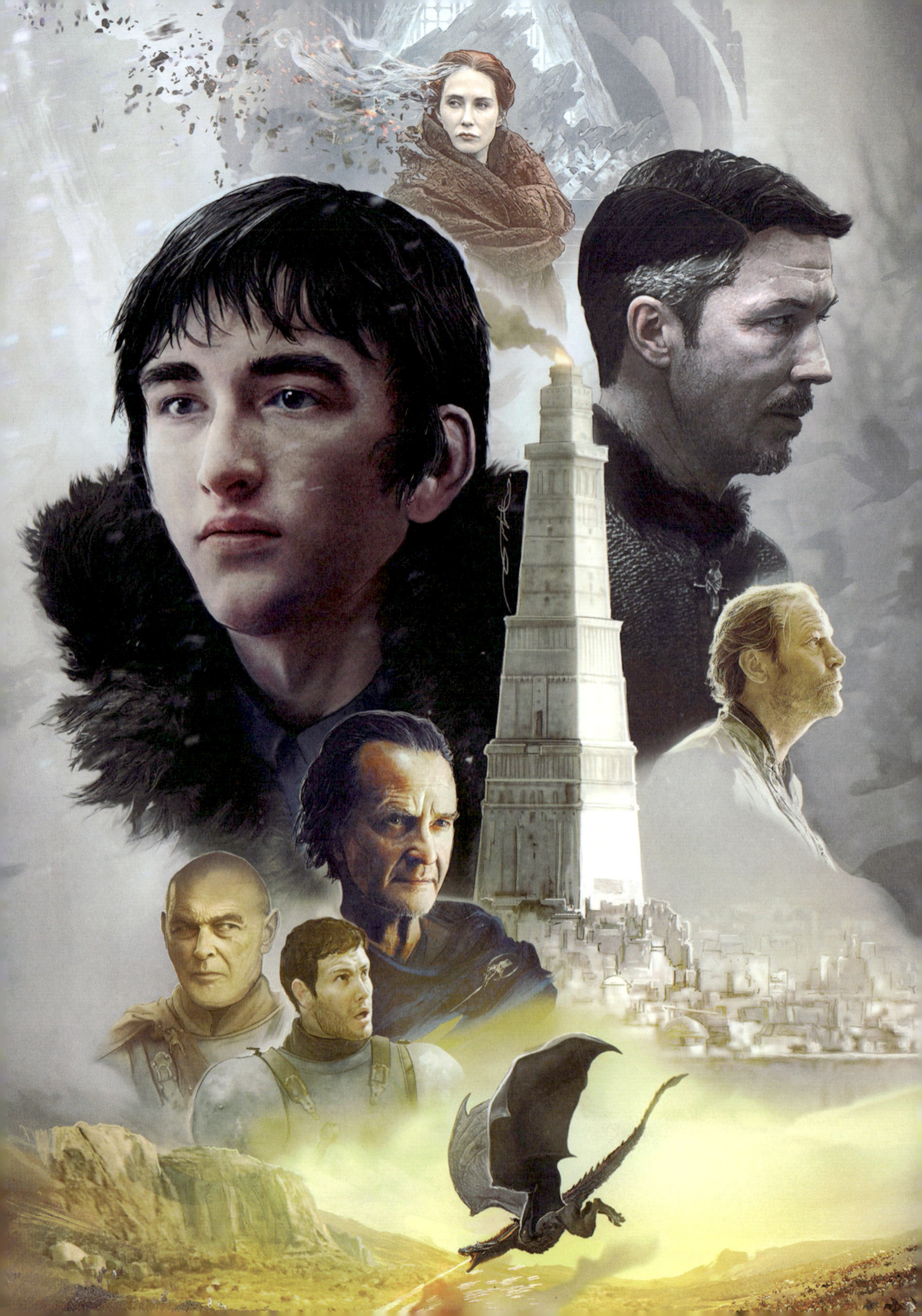

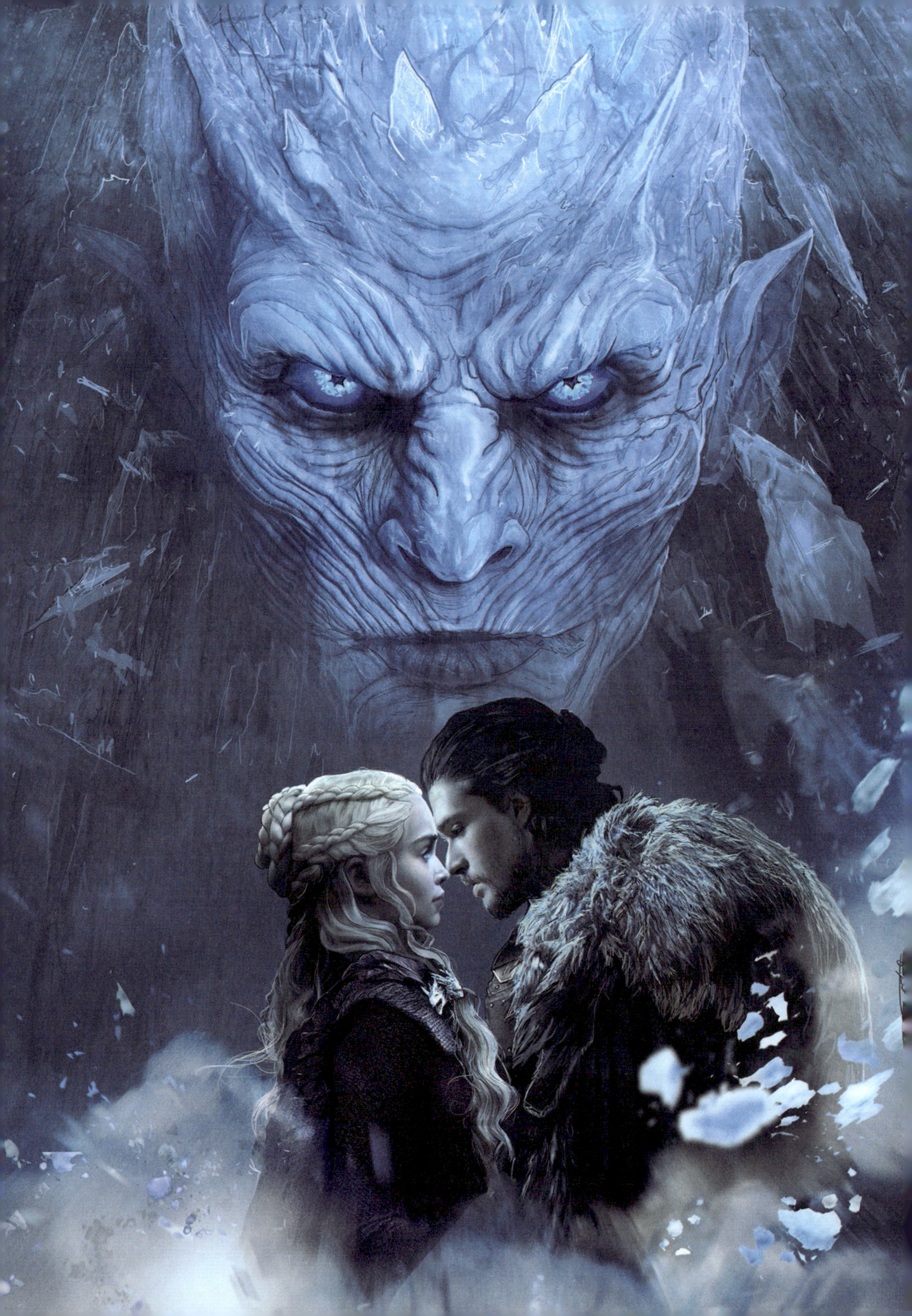

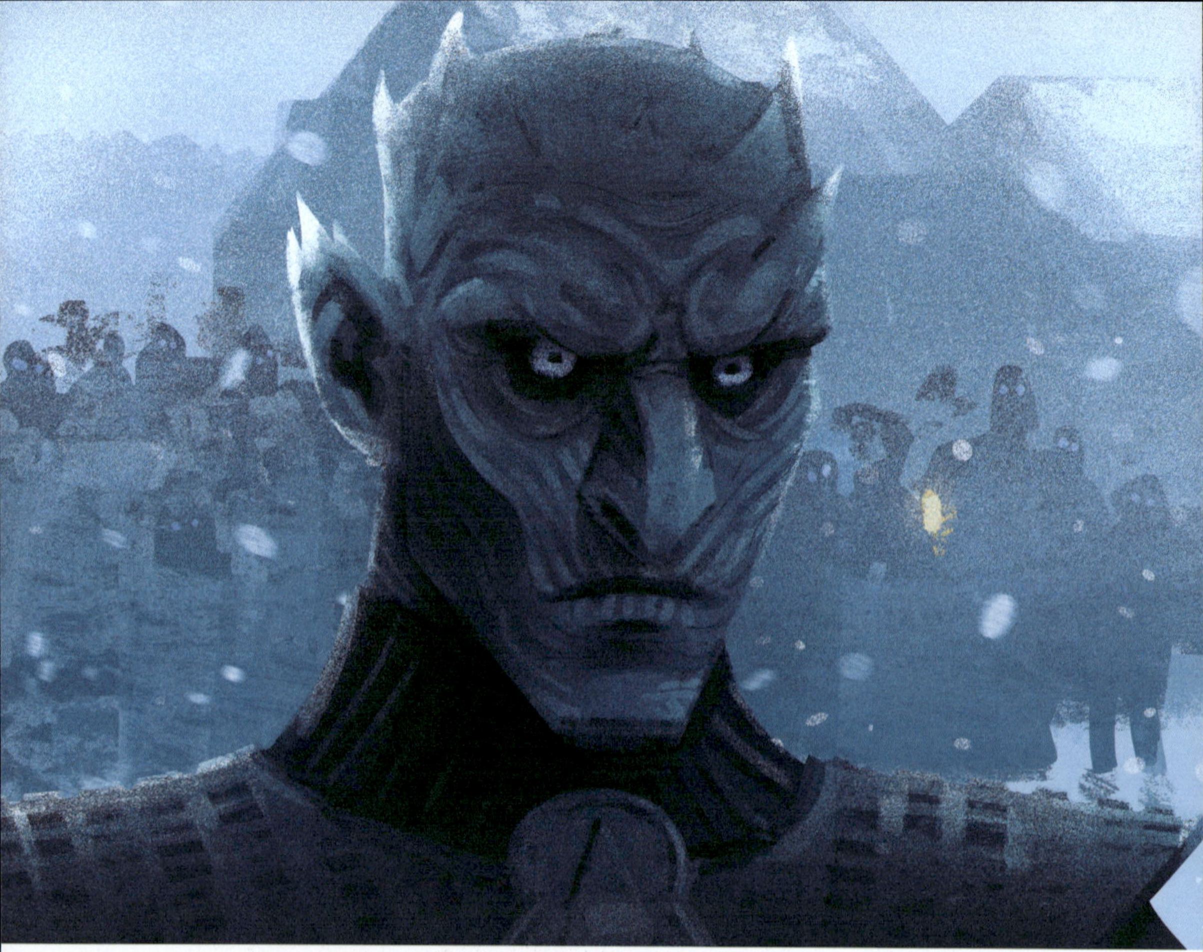

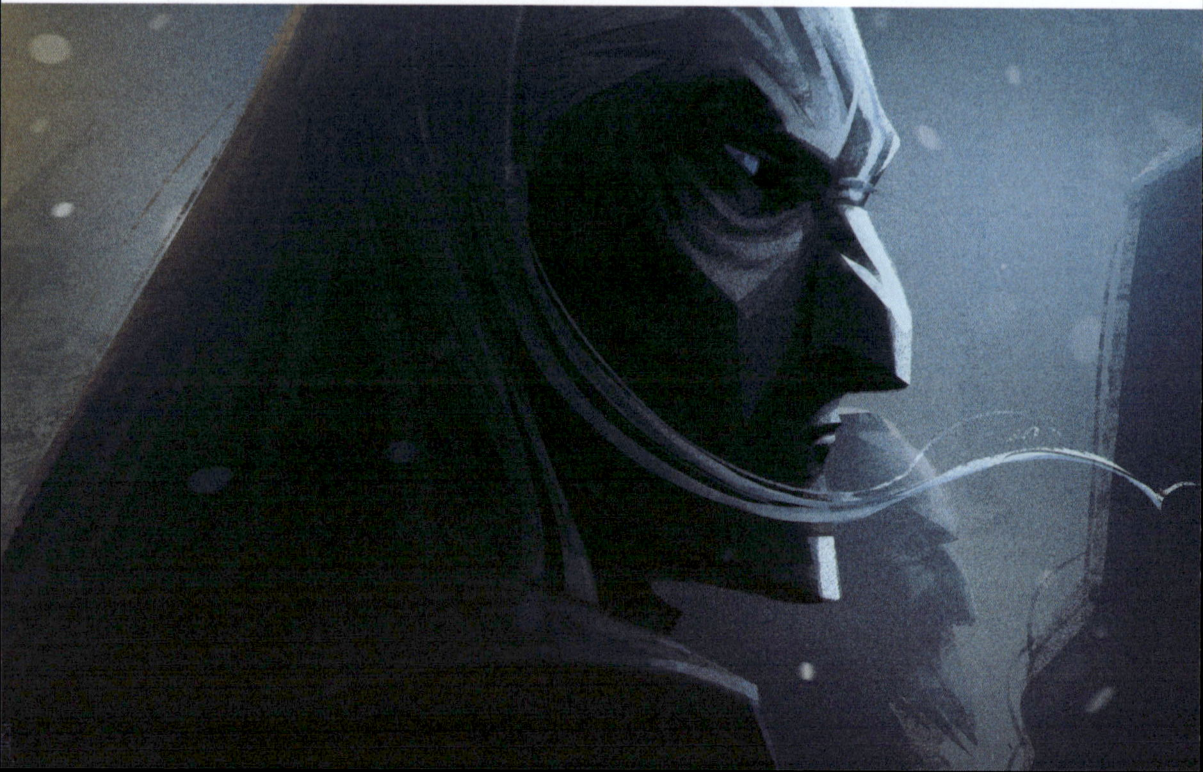

"WINTER IS HERE"

"El invierno está aquí"

The Night King

The Night King is a legendary figure who instills terror in all who know his name. He first appears in a vision that Bran Stark received, experiencing an avalanche of images from the past, present and future. The Children of the Forest were responsible for its creation as an attempt at survival against the First Men who were ravaging their lands, although now the Night King threatens to destroy them all, both human and Children of the Forest, without distinction.

El Rey de la Noche es una figura legendaria, que inspira terror a todos los que conocen su nombre. Aparece por primera vez en una visión de Bran Stark, quien experimenta una avalancha de imágenes del pasado, presente y futuro. Los Hijos del Bosque fueron los responsables de su creación como un intento de supervivencia contra los Primeros Hombres, que estaban arrasando con sus tierras, aunque ahora el Rey de la Noche amenaza con destruirlos a todos, humanos e Hijos del Bosque sin distinción.

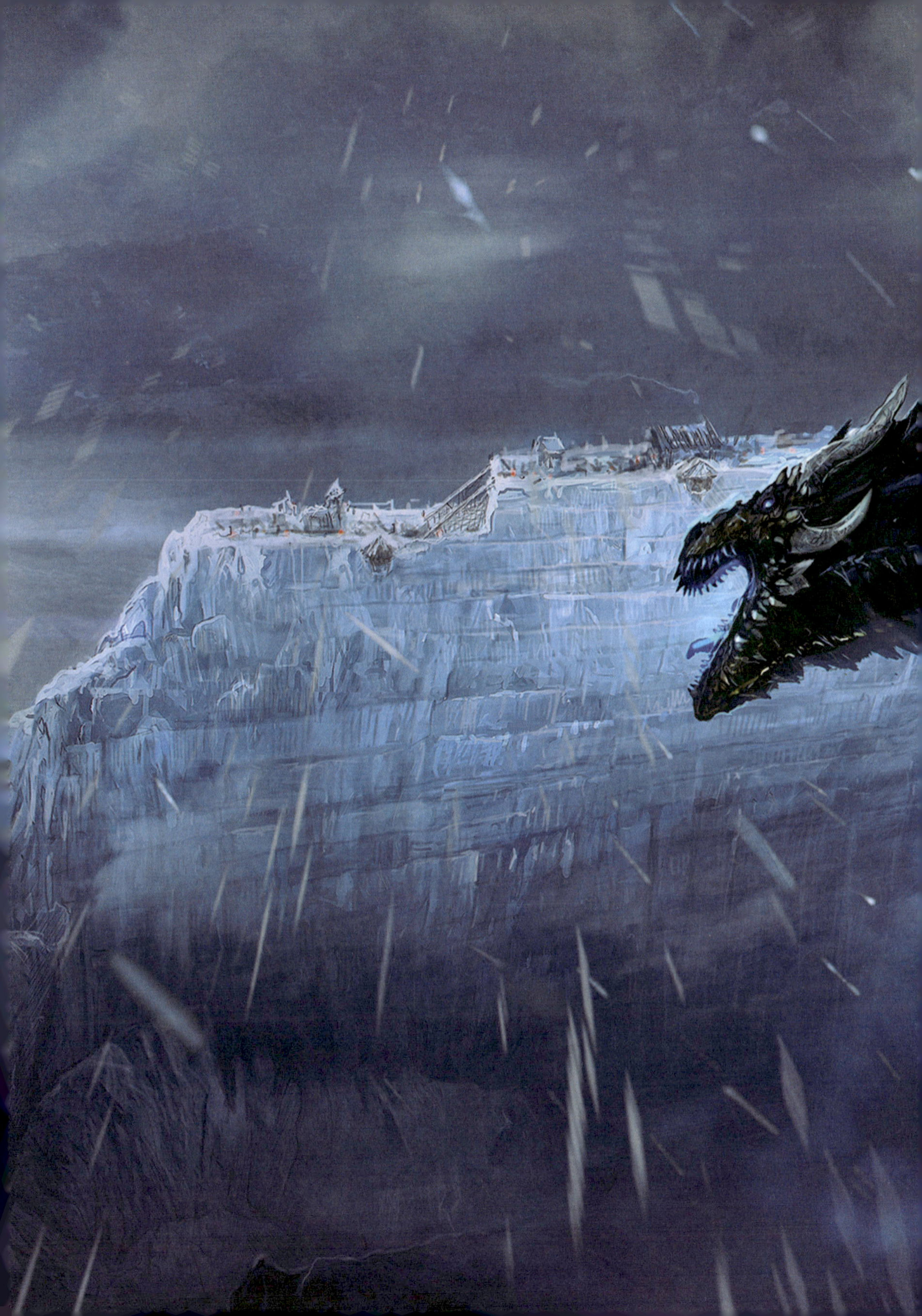

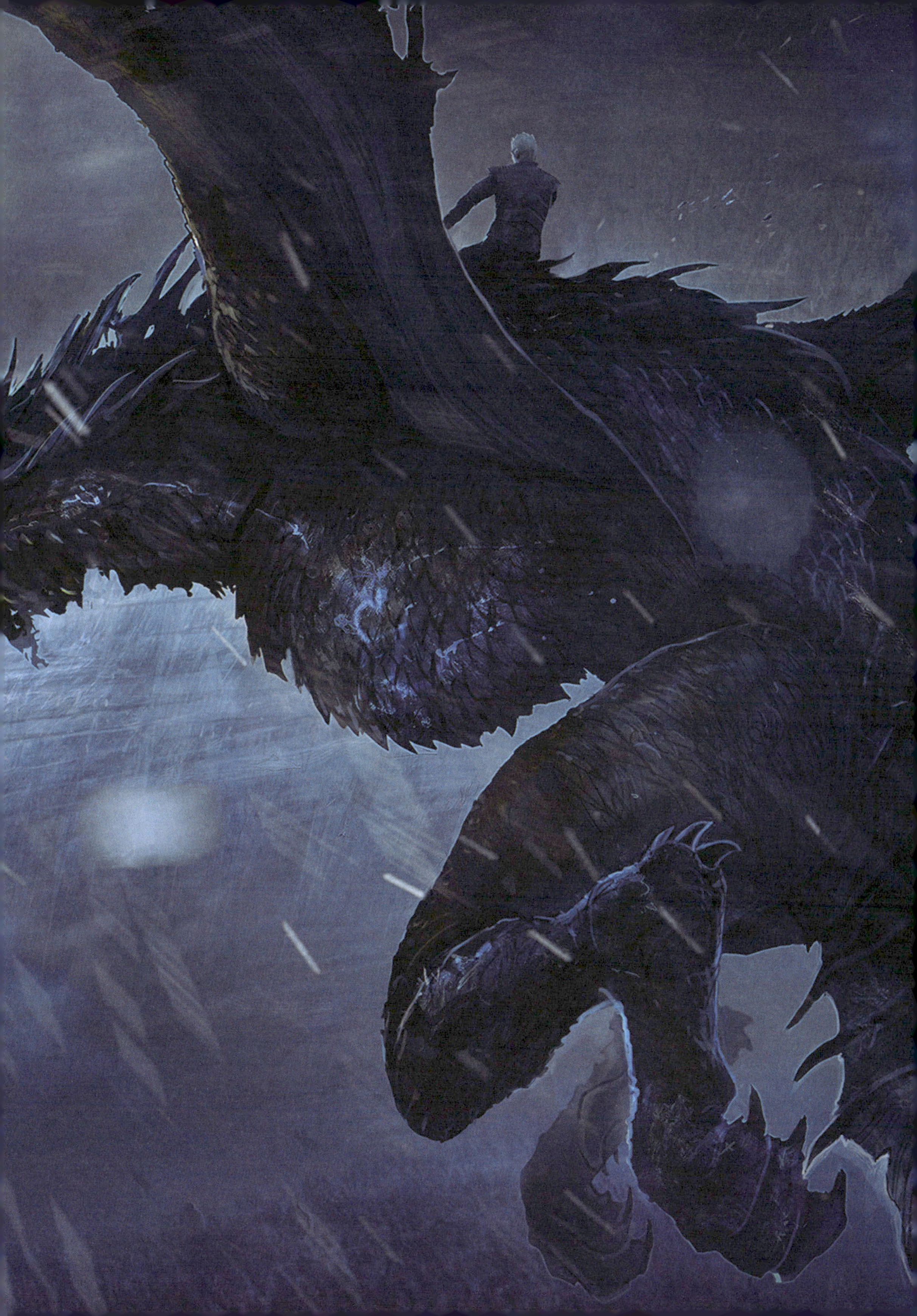

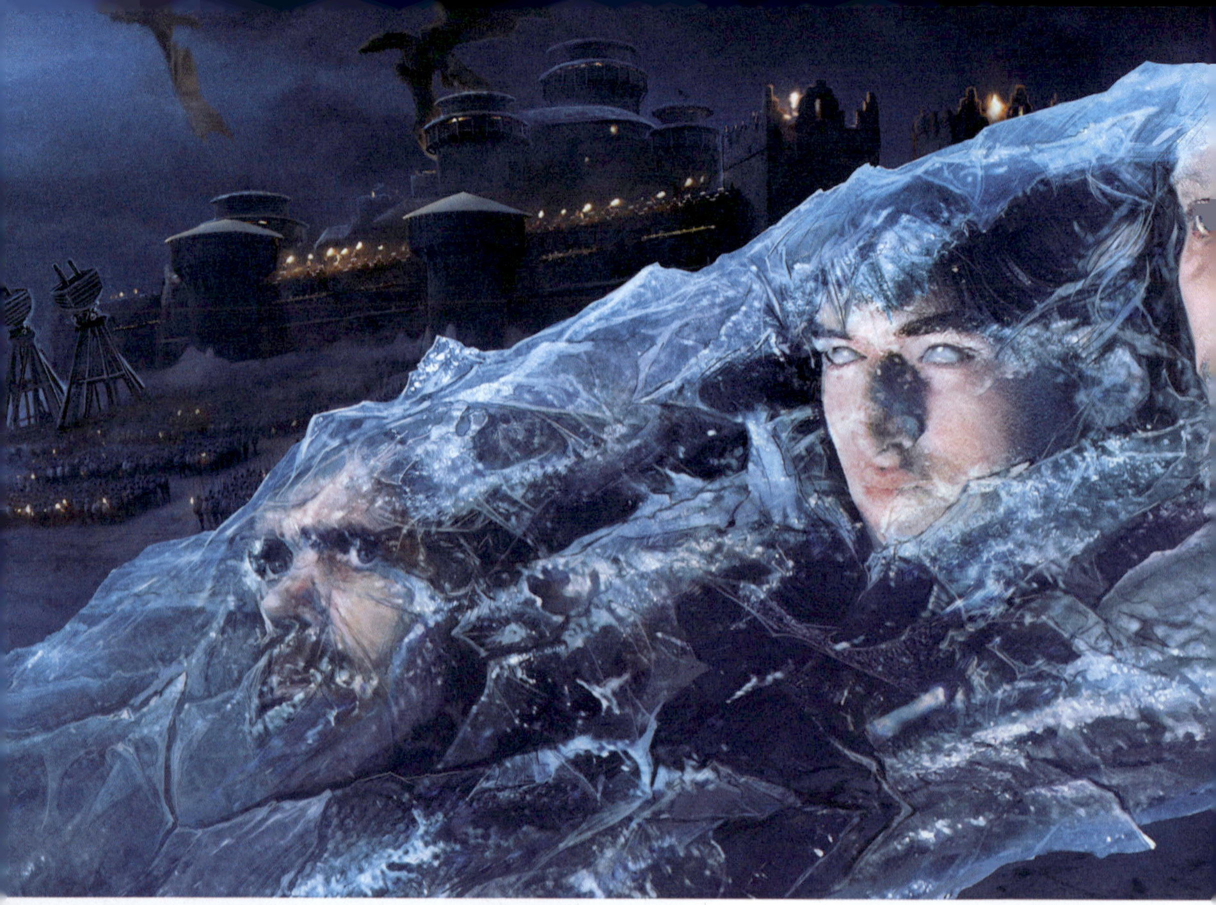

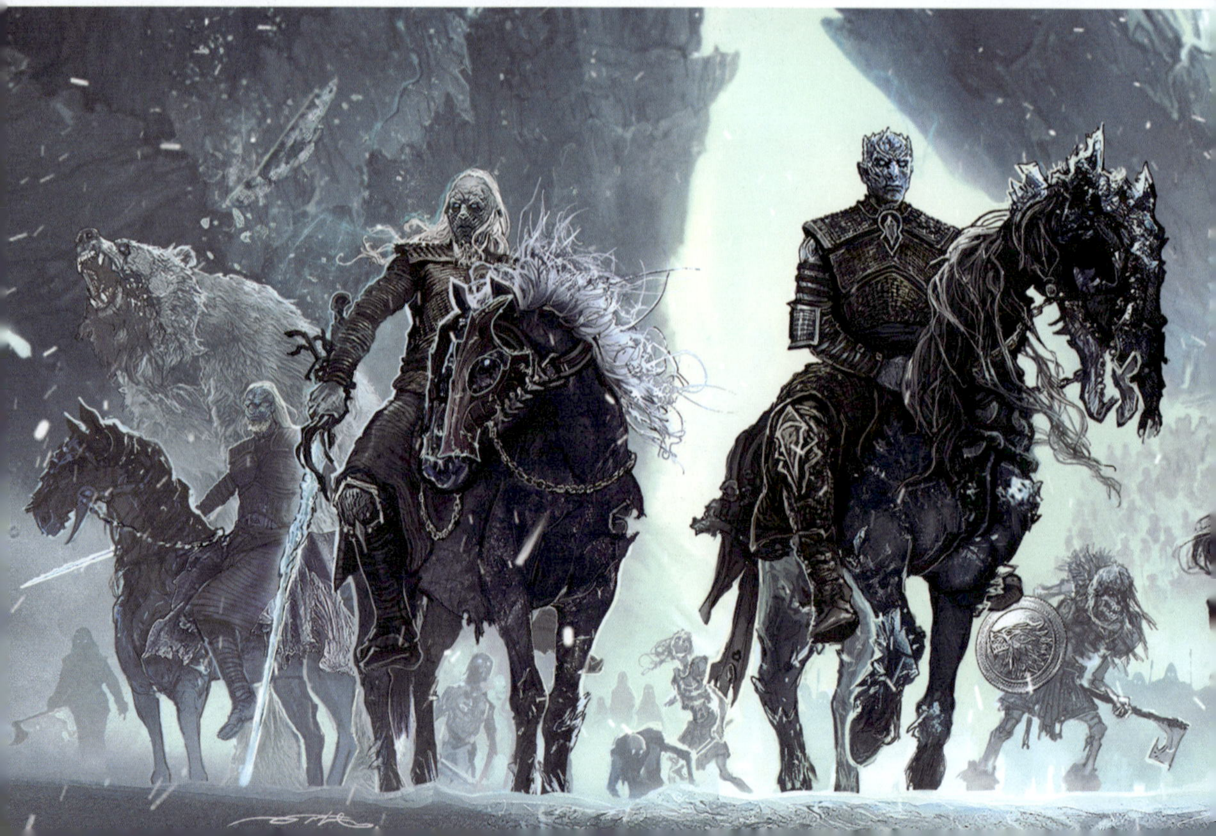

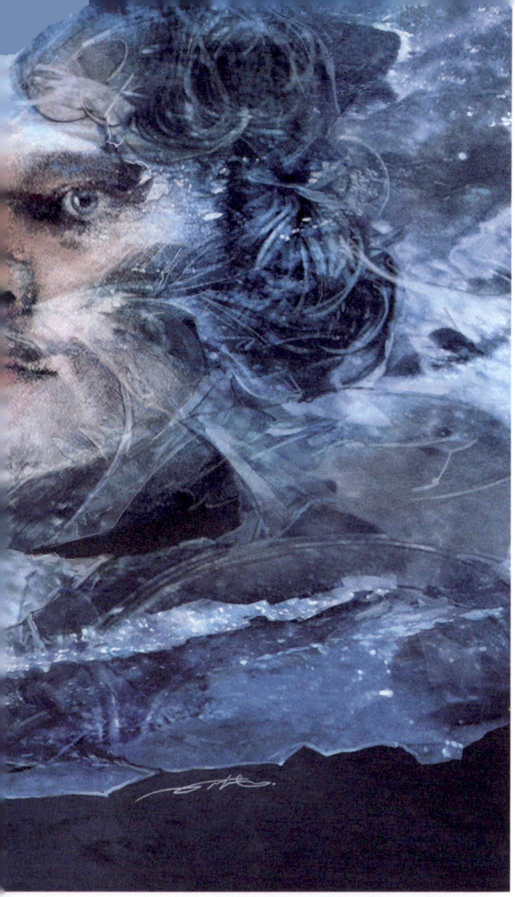

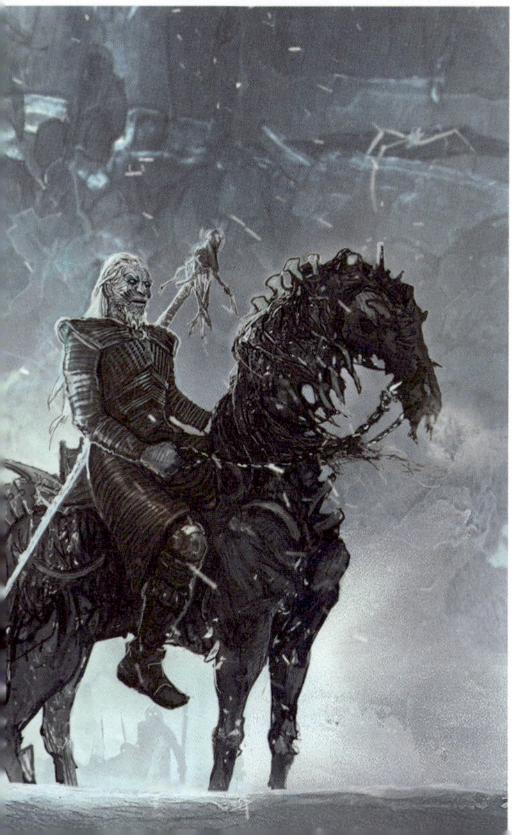

"THE ULTIMATE GOAL OF THE NIGHT KING IS TO CREATE THE "LONG NIGHT," ERASE MEN FROM THE WORLD AND DESTROY THE THREE-EYED RAVEN, THE GUARDIAN OF THE WORLD'S STORIES"

"El objetivo final del Rey de la Noche es crear la "Noche Perpetua", borrar el mundo de los hombres y destruir al Cuervo de Tres Ojos, que es el guardián de las historias del mundo"

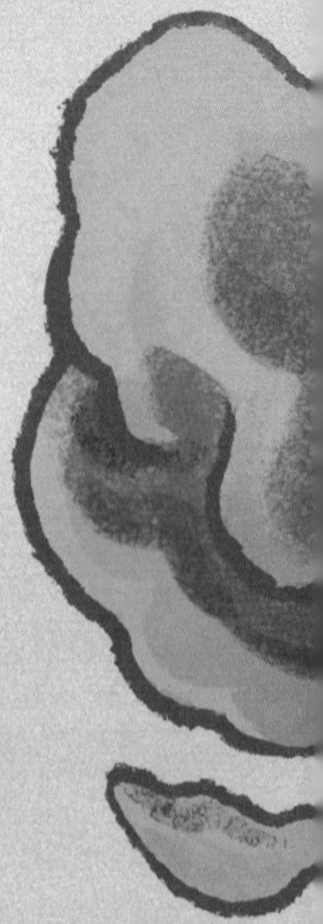

"THERE ARE NO SHADOWS IN THE DARK"

"No hay sombras en la oscuridad"

- Melisandre -

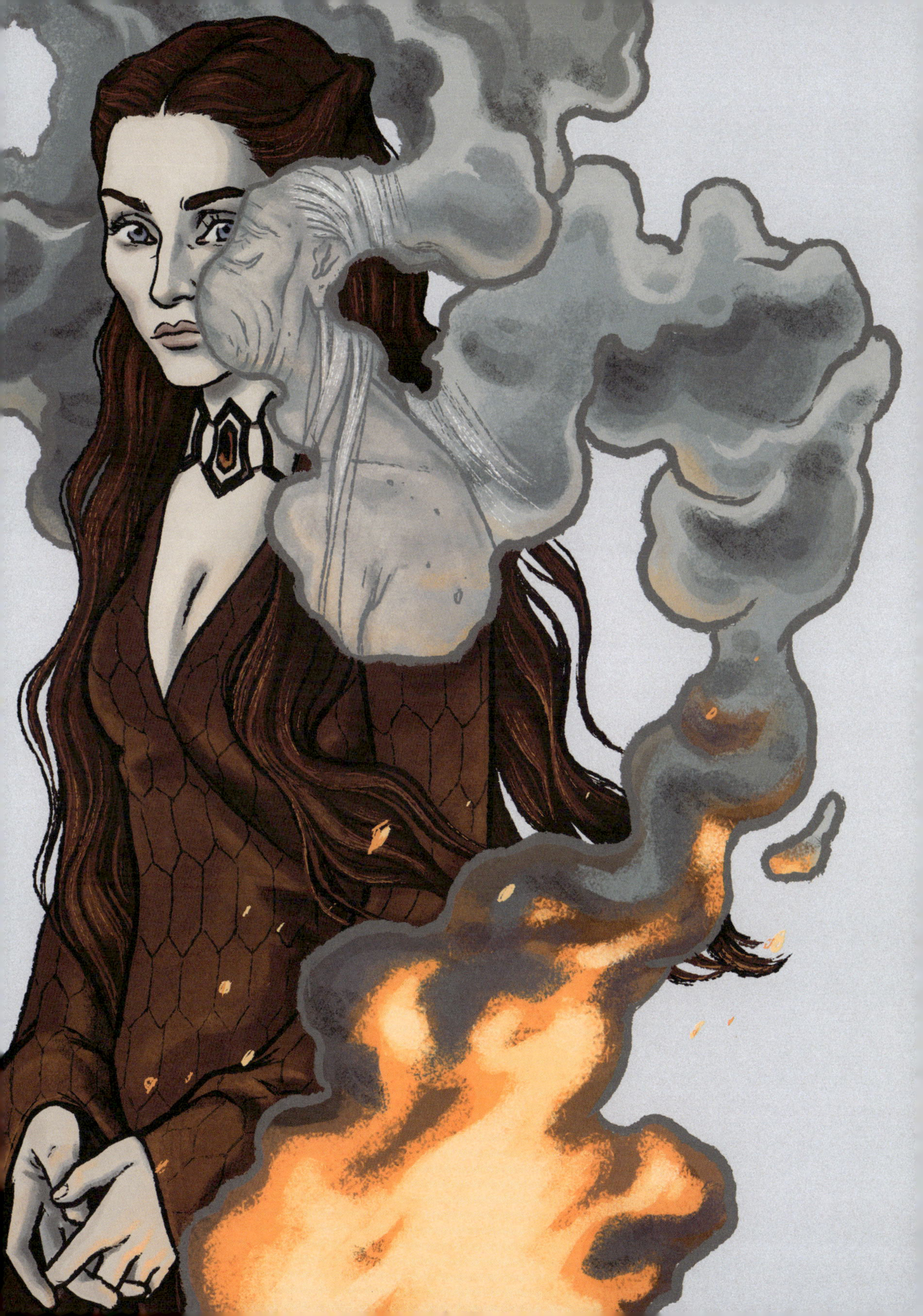

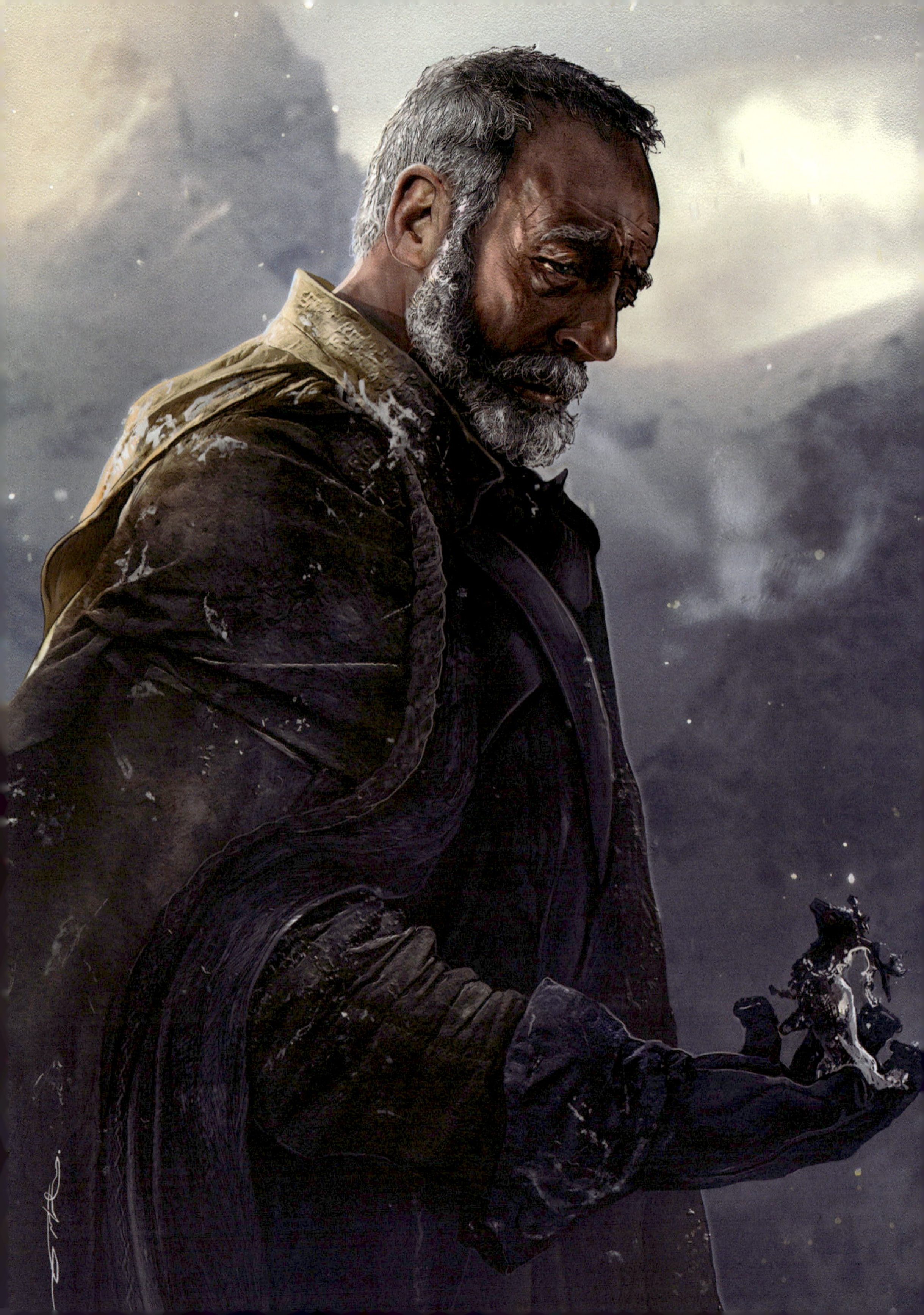

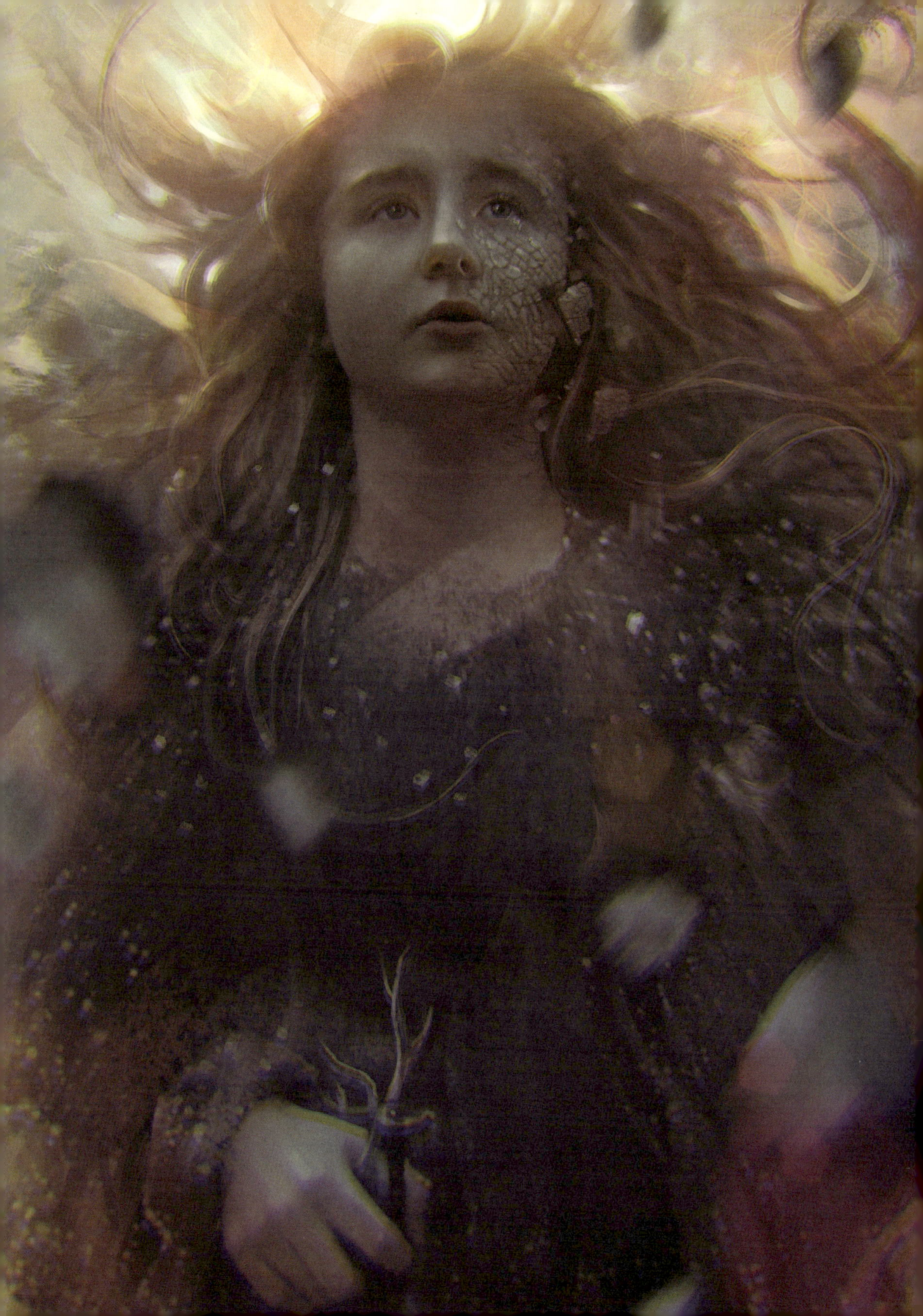

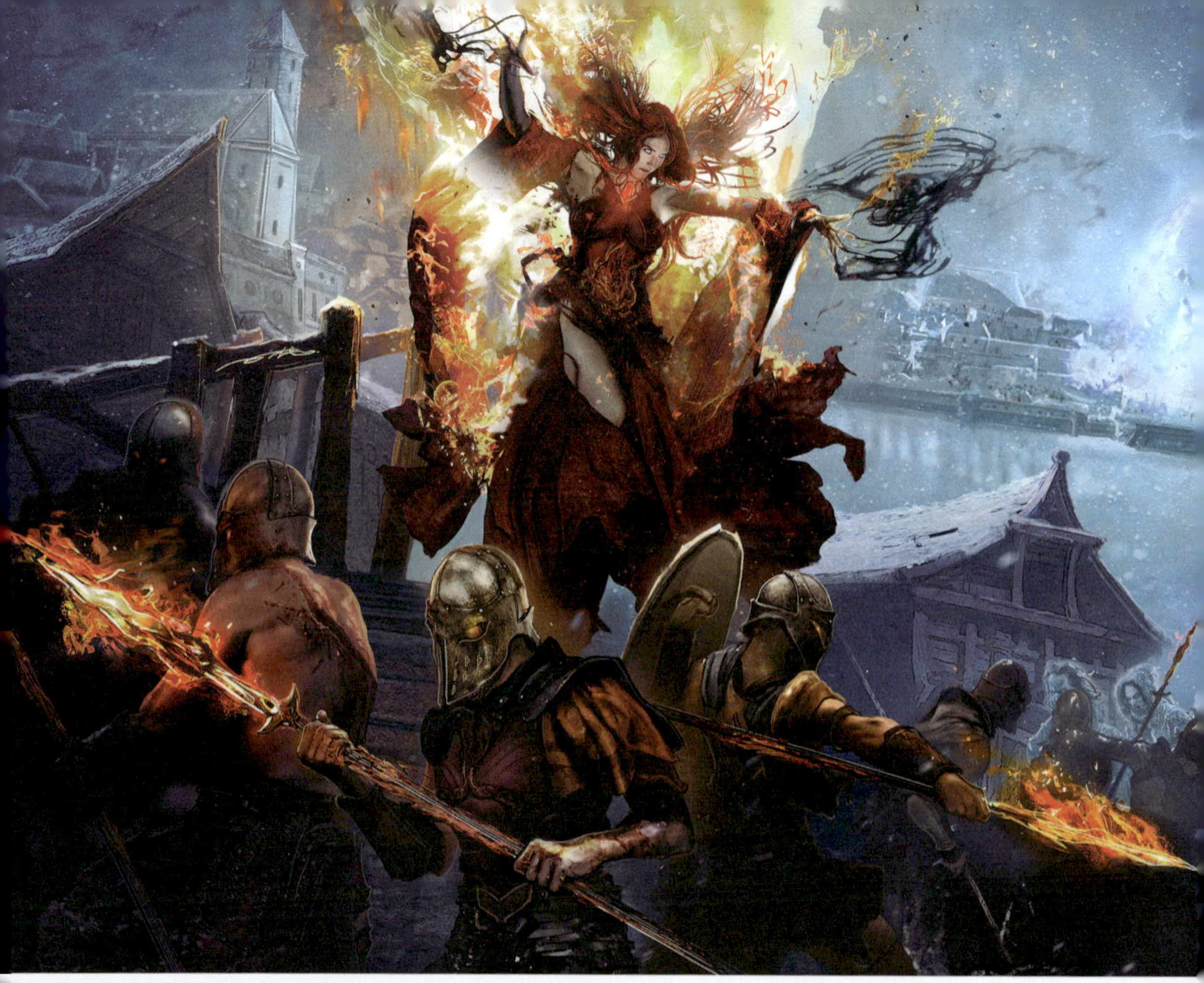

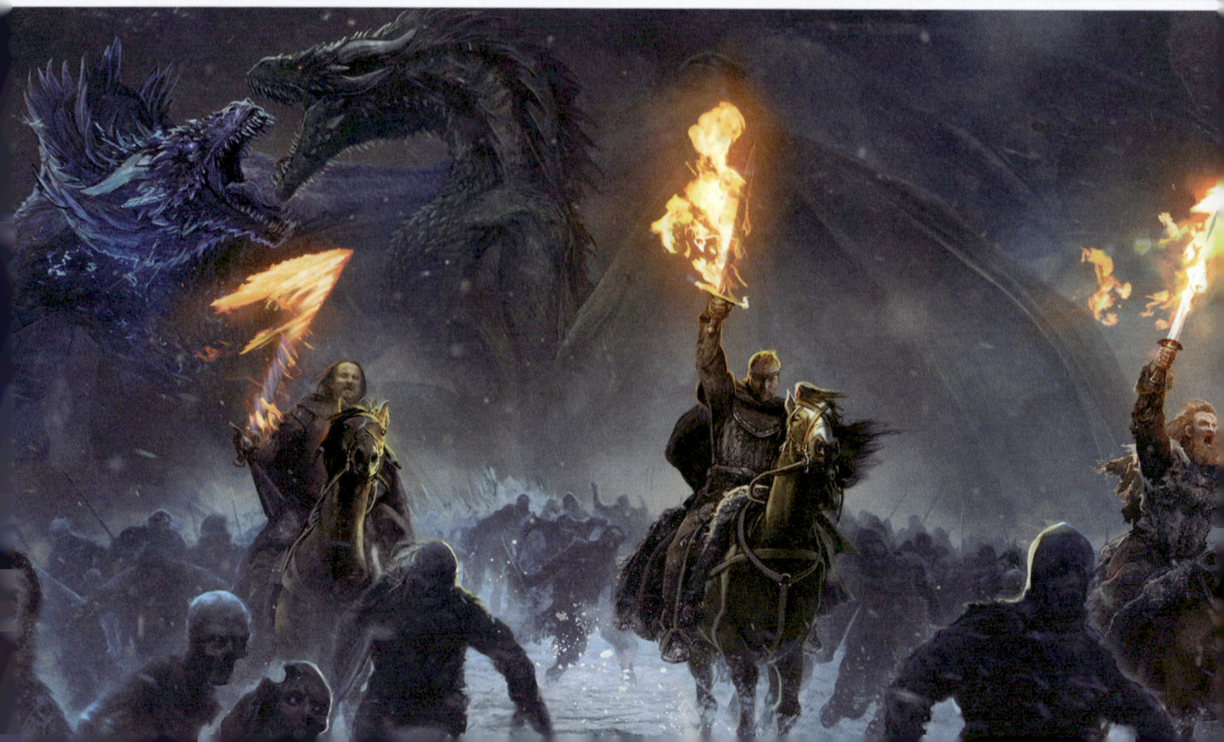

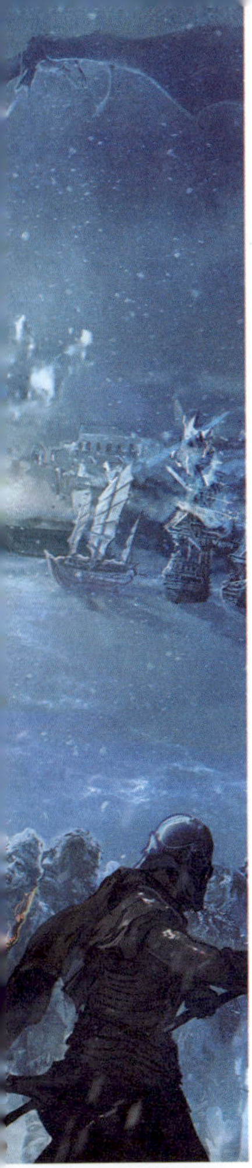

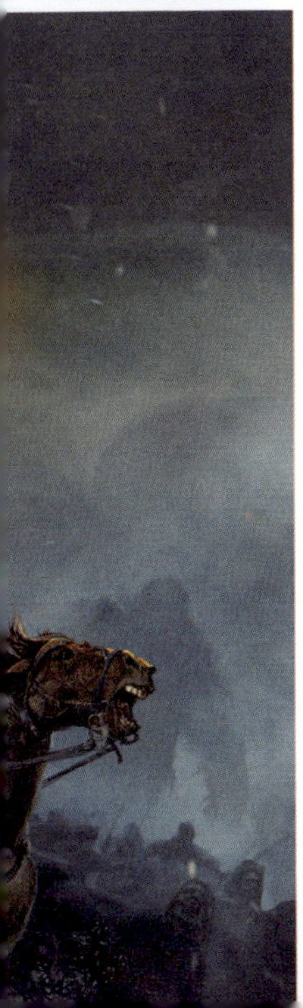

“LORD OF LIGHT, CAST YOUR LIGHT UPON US! LORD OF LIGHT, DEFEND US! FOR THE NIGHT IS DARK AND FULL OF TERRORS!”

“¡Señor de la luz, arroja tu luz
sobre nosotros!
¡Señor de la luz, defiéndenos!
Porque la noche es oscura
y alberga horrores”

- Melisandre -

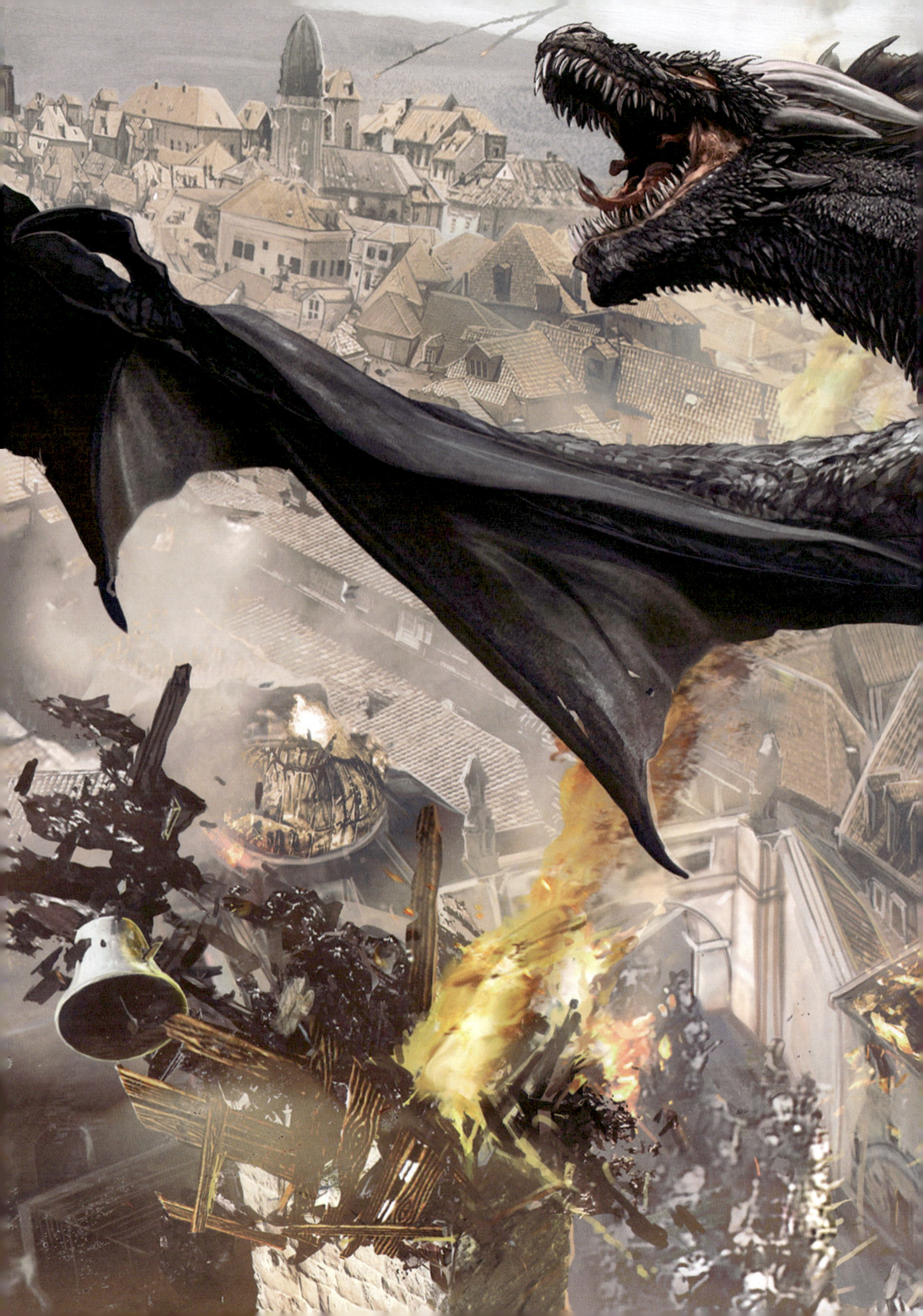

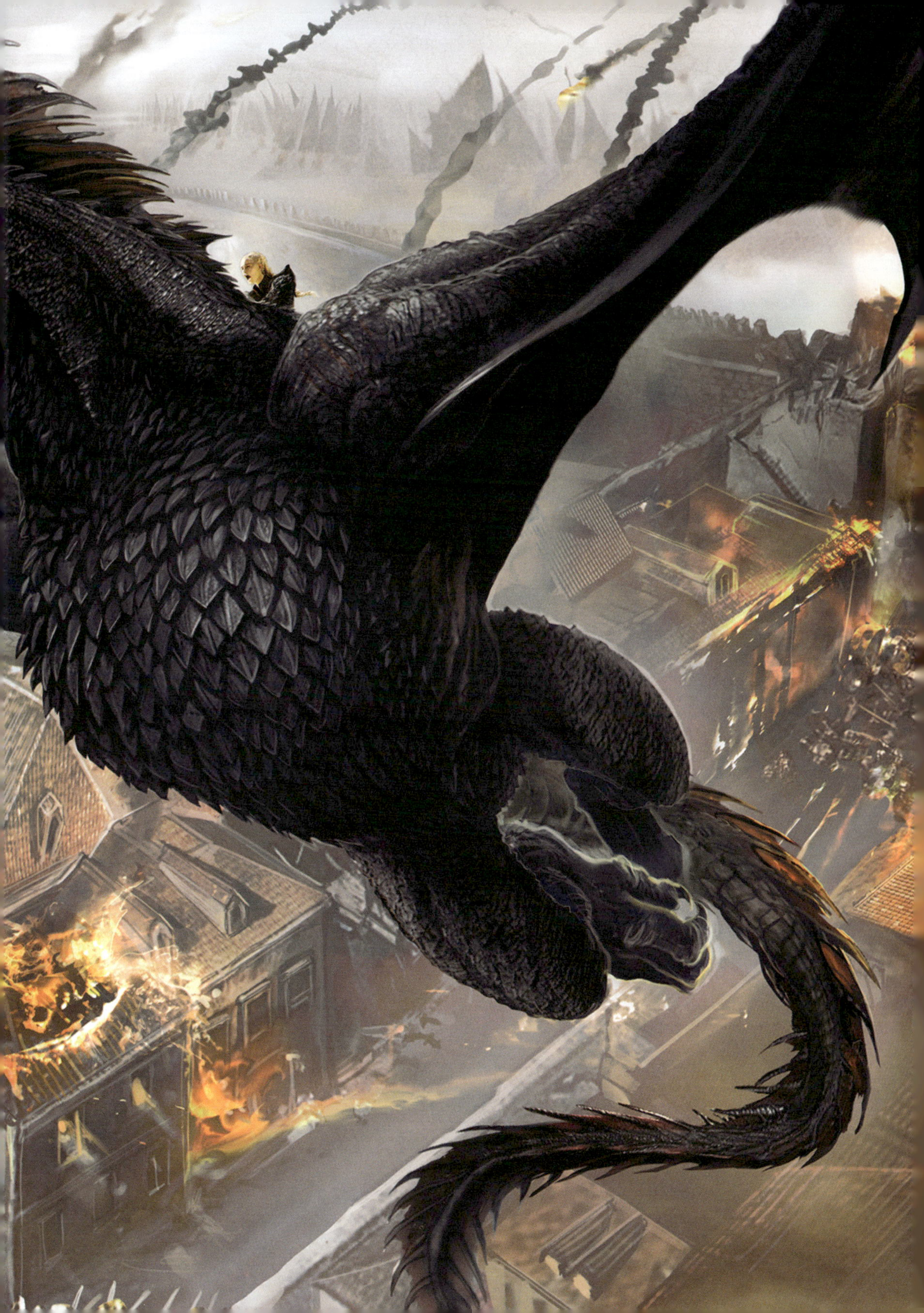

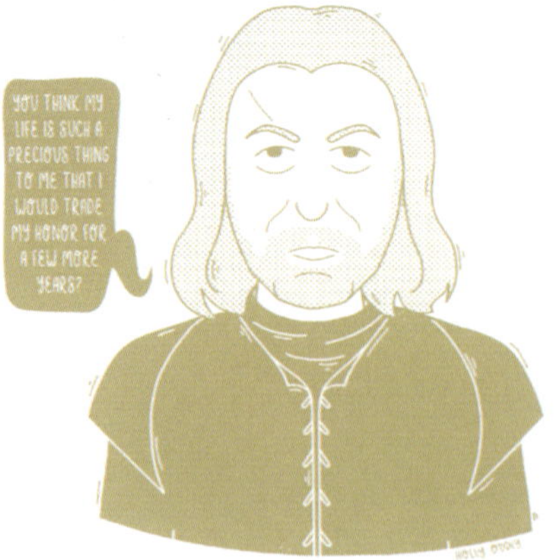
YOU THINK MY LIFE IS SUCH A PRECIOUS THING TO ME THAT I WOULD TRADE MY HONOR FOR A FEW MORE YEARS?

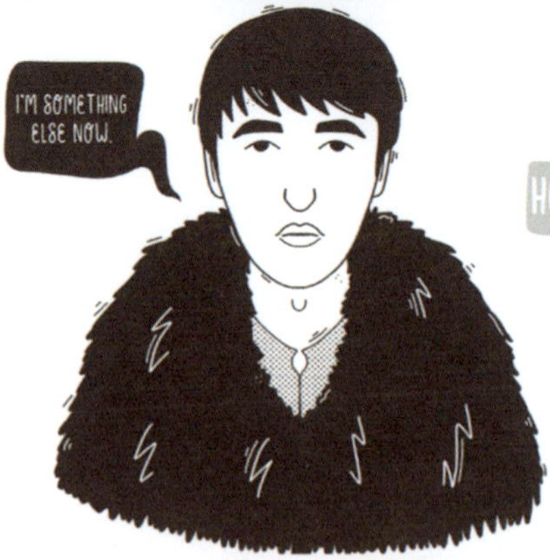
I'M SOMETHING ELSE NOW.

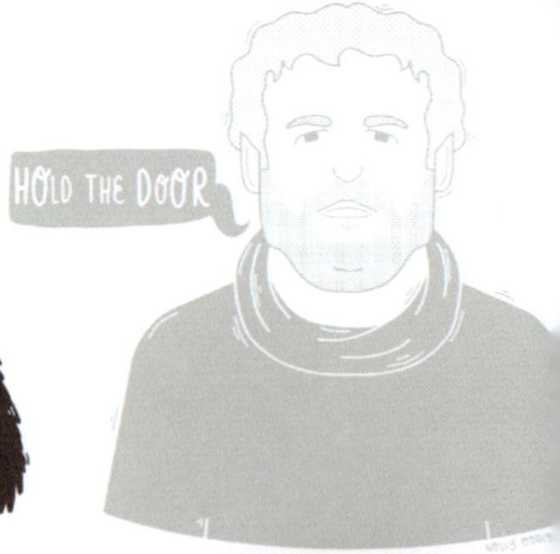
HOLD THE DOOR

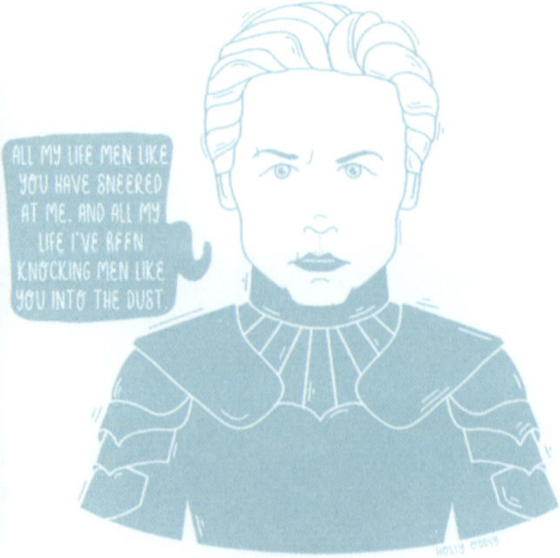
ALL MY LIFE MEN LIKE YOU HAVE SNEERED AT ME. AND ALL MY LIFE I'VE BEEN KNOCKING MEN LIKE YOU INTO THE DUST.

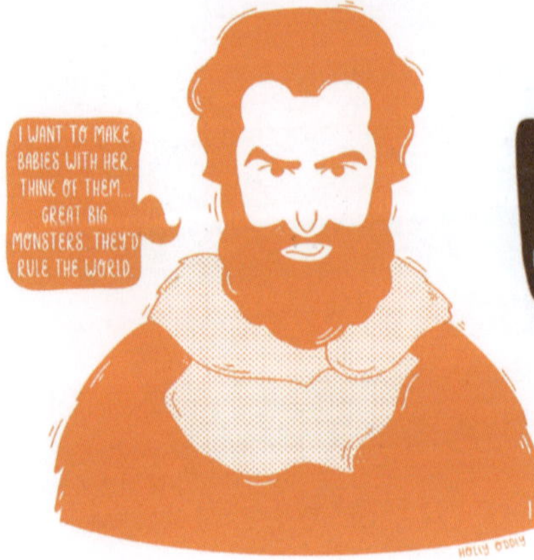
I WANT TO MAKE BABIES WITH HER. THINK OF THEM... GREAT BIG MONSTERS. THEY'D RULE THE WORLD.

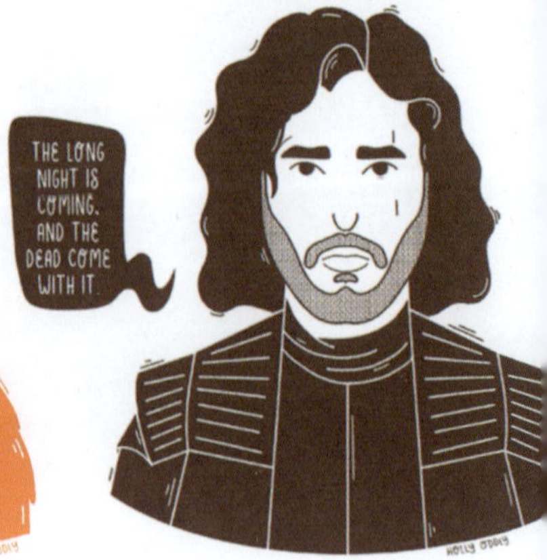
THE LONG NIGHT IS COMING, AND THE DEAD COME WITH IT.

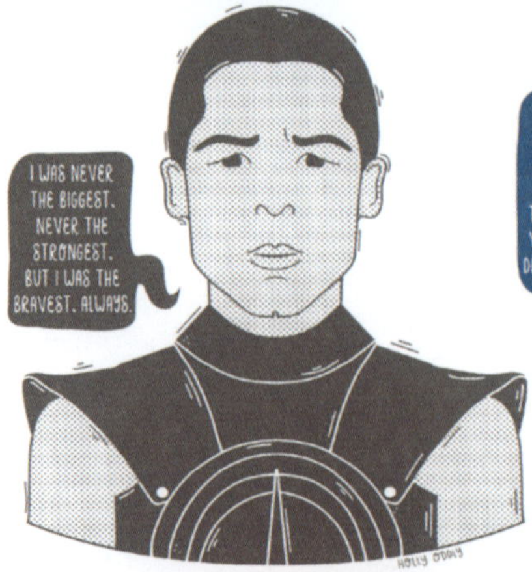
I WAS NEVER THE BIGGEST. NEVER THE STRONGEST. BUT I WAS THE BRAVEST. ALWAYS.

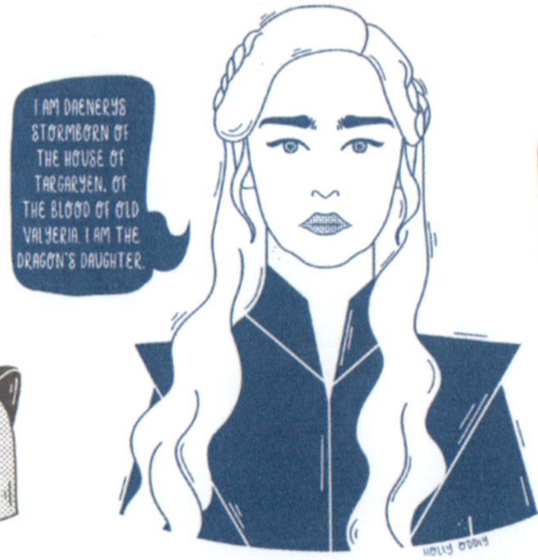
I AM DAENERYS STORMBORN OF THE HOUSE OF TARGARYEN, OF THE BLOOD OF OLD VALYERIA. I AM THE DRAGON'S DAUGHTER.

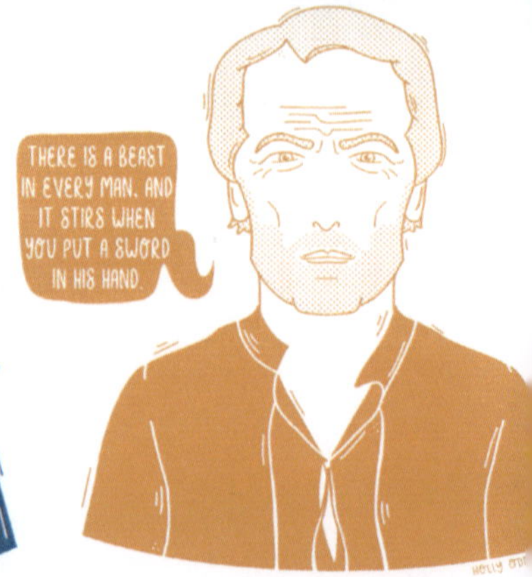
THERE IS A BEAST IN EVERY MAN, AND IT STIRS WHEN YOU PUT A SWORD IN HIS HAND.

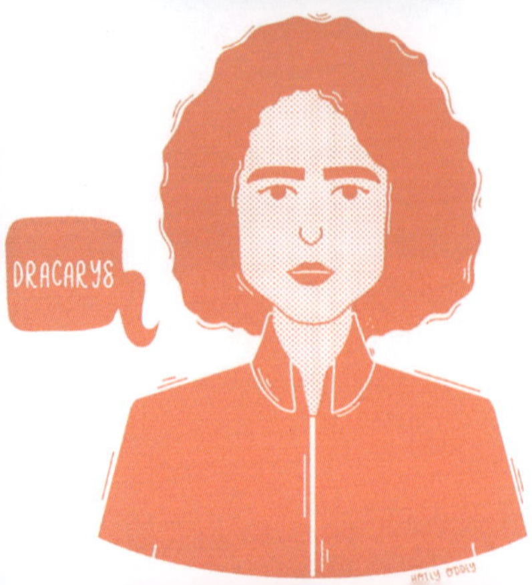
DRACARYS

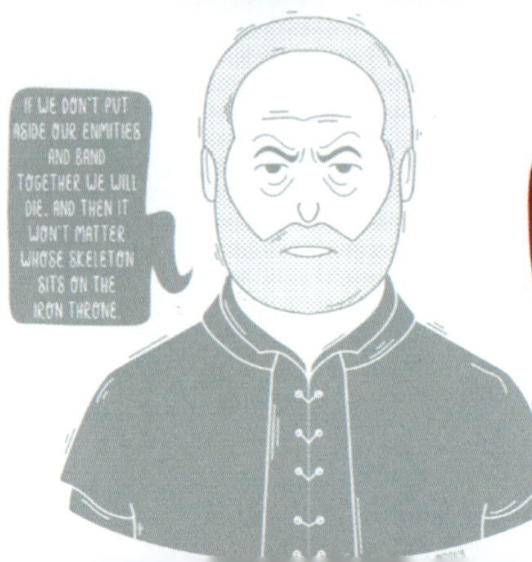
IF WE DON'T PUT ASIDE OUR ENMITIES AND BAND TOGETHER WE WILL DIE. AND THEN IT WON'T MATTER WHOSE SKELETON SITS ON THE IRON THRONE.

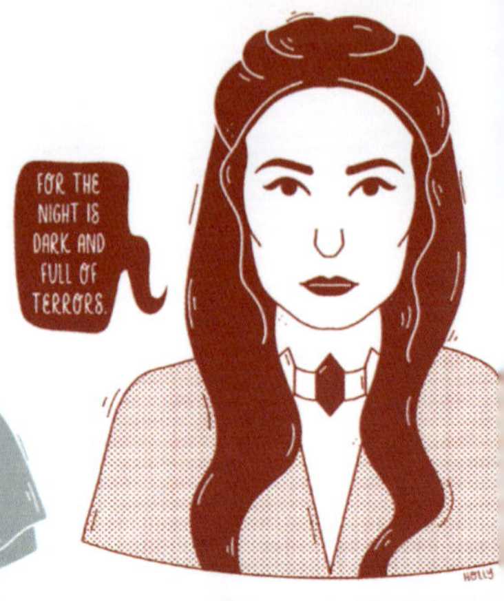
FOR THE NIGHT IS DARK AND FULL OF TERRORS.

credits

ALEJANDRO GIRALDO
Instagram @alejogiraldo_
© pages 7, 65, 38

ALESSANDRO PAUTASSO
www.kaneda.it
Instagram @kaneda99
Facebook @AlessandroPautassoArt
© pages 14, 34, 46, 56, 66, 78

ANNA MITURA-LASKOWSKA
www.artstation.com/dalisa
Instagram @dalisacg
Facebook @ DalisaAnja
© pages 18, 30-31, 42, 52-53, 58-59, 68, 80-81, 103

COLIN MORELLA
www.deviantart.com/noble--6
Instagram @cmm017
Facebook @NobleSixDesign
© pages 12

DAVID KOHLVER
Instagram @davidkohlver
behance.net/davidkohlver
© pages 16-17, 36-37, 72-73, 100-101

DAVID DESBOIS
www.daviddeb.deviantart.com
Facebook @david.desbois.art
© pages 5, 23, 74

EKATERINA
Instagram @shidlikart
Facebook @shidlikart
© pages 24, 50, 62, 70

ERTAÇ ALTINÖZ
www.deviantart.com/ertacaltinoz
www.artstation.com/ertacaltinoz
Instagram @ertacaltinoz
Facebook @haveaseatwithertacaltinoz
Twitter @ertacaltinoz
© pages 2-3, 22, 32-33, 40-41, 44, 54-55, 61, 71, 84-85, 86-87, 90, 92-93, 96-97, 98-99, 102, 104, 106

HOLLY L'OISEAU
www.hollyoddly.com
Instagram @hollyoddly
© pages 108

MEYBIS RUIZ CRUZ
www.meybisruiz.com
www.artstation.com/meybisruizcruz
Instagram @memeruizcruz
© pages 26-27, 28-29, 39, 48-49, 60, 64, 75, 76-77, 82, 88-89, 94

RAUL GUERRA
Instagram @_raul_guerra_
© pages 20-21

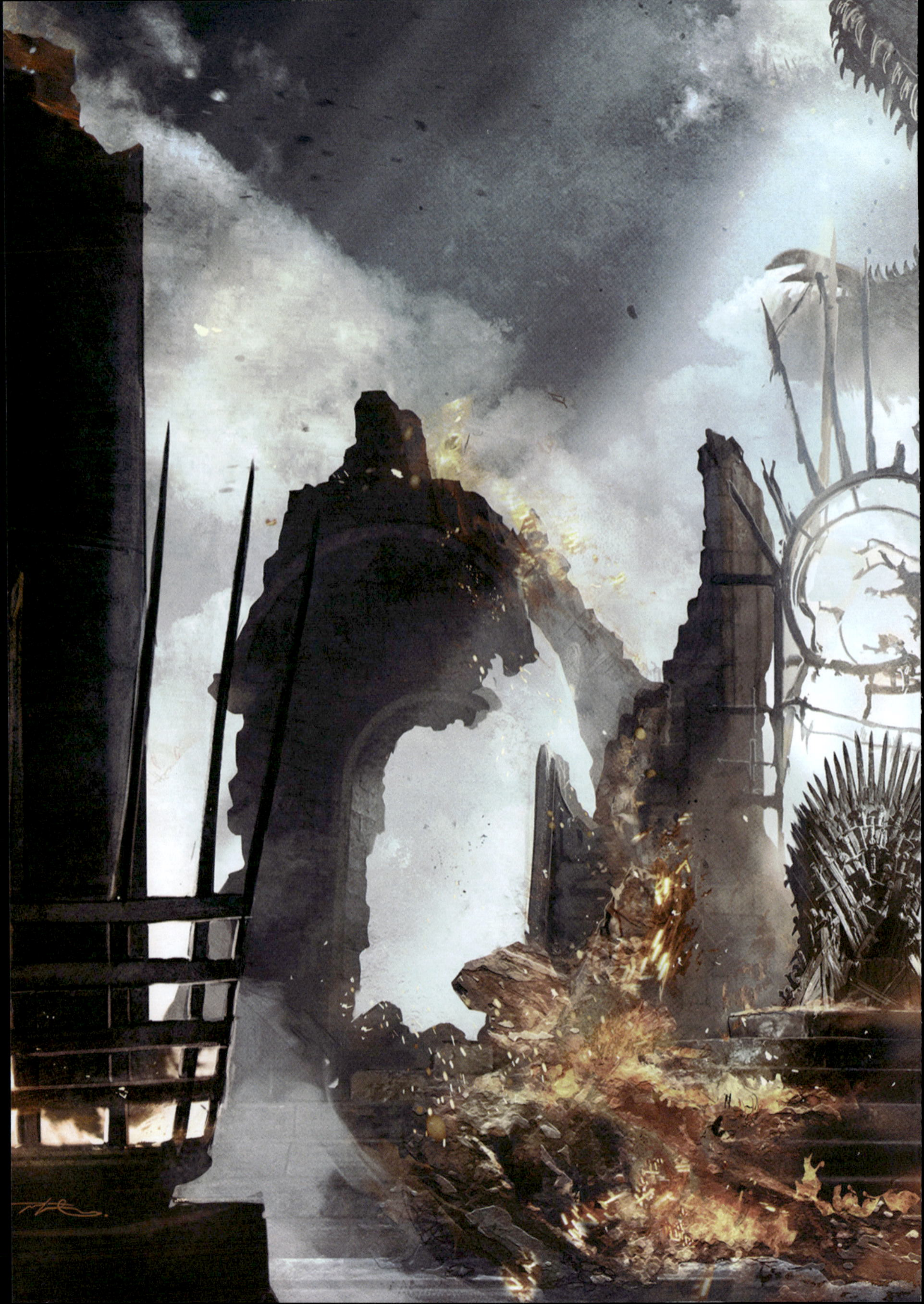